风中事

张楚●著

天津出版传媒集团
百花文艺出版社

图书在版编目（CIP）数据

风中事 / 张楚著. -- 天津：百花文艺出版社，2018.3

ISBN 978-7-5306-7402-4

Ⅰ. ①风… Ⅱ. ①张… Ⅲ. ①中篇小说-小说集-中国-当代 Ⅳ. ①I247.5

中国版本图书馆CIP数据核字(2017)第327992号

选题策划：徐晨亮　　装帧设计：郭亚红

责任编辑：赵　芳

出版发行：百花文艺出版社

地址：天津市和平区西康路 35 号　邮编：300051

电话传真：+86-22-23332651（发行部）

+86-22-23332656（总编室）

+86-22-23332478（邮购部）

主页：http://www.baihuawenyi.com

印刷：天津海顺印业包装有限公司分公司

开本：787×1092毫米　1/32

字数：94 千字

印张：6.25

版次：2018 年3 月第1 版

印次：2018 年3 月第1 次印刷

定价：34.00元

在世界嘈杂的呼吸声中(自序)

《七根孔雀羽毛》写于2010年,距离今天已经七年了。我至今还能想起来,当我让李浩宇说出“细菌”理论时忐忑的心境——我怕读者猜到其实这是一个重要伏笔;当我让李浩宇去监狱探望宗建明,让狱警将真相说出时,内心是种按捺不住的小得意——我终于把它以自己的方式内敛地完成了。我还记得当时对基督徒并不了解,一个朋友热心地将他的同事,一个年轻但并不狂热的信仰者介绍给我,并吃了几顿便饭。好吧,这些七年前的旧事,我仍记得这么真切。说实话,我如今的记忆力时常让自己心虚和焦虑,相对于金鱼的七秒钟记忆,我的记忆尚好,只不过时常老友的名字塞在嘴边,无论如何都想不起,那种对已知的失控让我对生命的衰老不得不产生敬意。

《七根孔雀羽毛》是我自己喜欢的小说,那时年轻气盛,可我并没有使用繁复的结构和花哨的语言来建构它，这让我很是庆幸。如果说它适宜地表达了我对当代中国飞速城镇化、过度娱乐化和全民物质化的一些看法和并不激烈的批判，那么我必须要承认当时的我并不幼稚，可也并不客观得深刻。对于天生的感性主义者而言，任何的理性都更像是一种反讽。有时候我极度鄙视自己，为何不潜心研究下社会学、哲学、美学、宗教甚至是天文、物理学，已经行了万里路，为何就不能读万卷书？我想这种自我扬弃的痛恨在某种程度上代表了一批感性的文学爱好者的原罪。书也会买，不过是摆在案头几载，随手翻翻而已。这种所谓“随手”往往还只是出于自我怜悯式的愧疚。我当时迫切地希望自己思想成熟，能够对如是庞大的垃圾场给出自己的分类和命名，现在反观，也只是一种农夫对天空的想象吧？

问题是永不枯竭的，只要存在着答案就会存在着问题，犹如只要存在着真相，就始终会有不怕死的人去揭露谎言。

那么，爱情有真相吗？或者说，当代中国还存在那些传说中的爱情吗？那些涉世未深的孩子们是否会如多年前的热血青年般，站在宇宙中心呼喊爱？《风中事》确实是篇与爱情相关的世相小说。我写它的初衷很简单，就是想用油画般的方式去逼近真实，尽可能地逼近真实。这是种可笑的想法，但我真去这么做的时候，它就不再是个笑话，而是一个实实在在的陷阱——如何才能将那些琐碎的日常生活图景拼贴到一起而让它产生意义？如何让前后不粘连的事件之间诞生某种神秘的契合度？如何真实地把握一个男人内心隐秘的欲望与退缩?这些都是我当时写作《风中事》的苦恼之处。在写到一半时我企图放弃，我觉得里面的人物都不可爱——如果连作者都觉得人物面目可憎，真的有必要终结它吗？当我将小说的最后一段写完时，我安慰自己,终于不用再看它一眼了。让我意外的是,喜欢这篇小说的读者不少,经常有陌生人在微博上私信,问关于段锦的下落与真相。我不知道该如何回答这些执着的读者。

从《七根孔雀羽毛》到《风中事》,隔了五年的时光。这五年里,世界上发生了太多让人难忘、让人愤怒跟让人偶然欣喜的事情,我在世界嘈杂的呼吸声中,尽量地保持着一种对人性的信任。这五年里,一个中年人身体如何变得衰弱、灵魂如何变得坚硬,真值得细细琢磨。唯一不遗憾的就是，我依然贪恋着那些未知的文字和由它们建造起来的城堡。

张楚

2017 年 11 月

目录

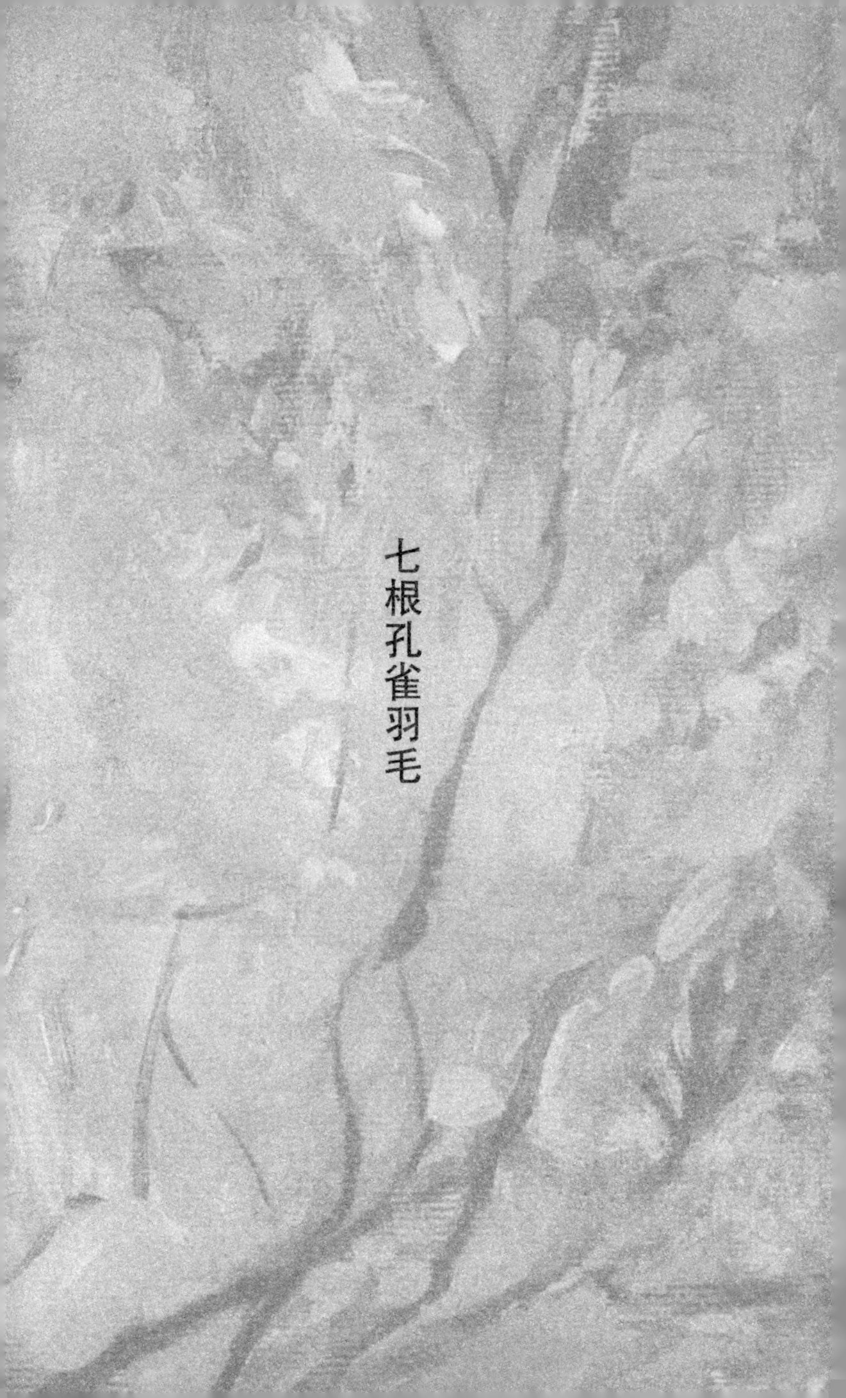

七根孔雀羽毛

一

那个冬天我很少出门。如果不是给我们所长面子，恐怕我会一直窝在家里。心情好了，我也溜达着去上班，反正单位离李红家不远。他们都不知道我住李红家。当然，他们也不知道李红是谁。有一次，单位的马文喝醉了跟踪我，想知道我这段时间到底在哪儿鬼混，结果半路上我就把他甩了。不是我多机灵，而是这家伙刚过了马路就躺灌木丛里睡着了。他一直是个有点儿口吃、裤兜塞满榛子果仁味儿巧克力的胖子。

很多个夜晚，我从床上爬起来光脚走到阳台，睃巡着对面楼上亮着灯火的人家。这个小区的居民大都保持着早睡早起的朴素习惯，通常情况下，除了两栋楼之间的几颗星星，只是一片漆黑。偶尔三楼会有个女人开着浴霸洗澡。她洗澡很有规律：每个礼拜五晚上十二点。她胖得像头刮了毛的荷兰猪。当有一天我看到她裸着乳房，架着一台望远镜四处鸟瞰时，我就很少去阳台了。李红睡觉很死，据她自己说，这么大岁数了，还从来没做过梦。不过她的鼾声很响，一个漂亮的女人为什么打那么响的呼噜？我偎着她躺下，盯着黑房顶。盯着盯着天就莫名地亮了，光亮透过窗帘恍惚漫进，打在她眼袋上。她那么安详，总让我怀疑她其实已经在睡梦中死了。

七点十分，她大声吆喝着孩子起床，接着去洗手间小解，然后是漫长精细地描眉——我长这么大，还没见过这么热衷描眉的女人。描完眉后她去烧水煮饭。后来我在看守所那几天，老想着能有机会告诉她，她完全可以先把水烧上，再去干别的事，这种方法叫统筹，初中就学过，能省不少时间。可惜她没给我这个机会。

七点四十，她开车把丁丁送到实验小学，八点零五分回来。回来后我们就做点儿有意思的事。她是个三十多岁的女人，浑身化妆品的气味。女人的化妆品就像男人的谎言一样让人徒生厌倦，更何况她喜欢把我压在身下。我只有闭上眼，胡乱摸着她起伏有致的身体。有一次我突然睁开眼，发现她正盯着我看。她在瞅什么？我不知道，也不想知道……说实话……我不喜欢这种姿势。可我毕竟是个有责任心的男人。我把自己弄得无比坚挺,仿佛是台随时可以发动、马力十足、性能良好、价格低廉的发动机。九点钟这种事通常结束。如果她不想结束,我会多费些心思。她不是个过分贪心的人,据我的观察,她只是喜欢有根温热的东西留在体内,如果这根东西恰巧长在别的男人身上,我相信她也不好意思拒绝吧。

十点钟她去上班,她在步行街开了家美容院。闲得无聊时我曾经去过几次,没人理我,我就躺在大厅的沙发里看《知音》,顺便瞄几眼来回穿梭的女人。说实话,跟在美容院相比,我其实更喜欢在大街上瞎溜达。既然我从生下来就很少离开这个县城,那么,我很有必要熟悉它的每条毛细血管。譬如,农贸路有两家粮油店,一家"老百姓",一家"绿色贵族";文化路有四家卖板面的,一家河南人,两家安徽人,还有一家是成都人;低档红灯区都在粮食局后面的胡同里,小姐平均年龄都四十岁朝上,满脸褶子,如果你站在她们身边,能听到她们脸上的香粉"噗噗"落地的声音,她们生意很火,据说每天都要接待大量的民工和学生,最受欢迎的一位已经五十二岁,天生异禀,蹬三轮的车夫都赞美她的私部堪比十八岁的处女;县里最好的宾馆，就在性保健用品一条街的左侧，它有个响当当的外国名字，叫“迪拜吉美大酒店”。这个名字我老也记不好。我对超过三个字的外国名字总是记不好。

说实话，我很喜欢站在大街上，叼着烟看“迪拜吉美大酒店”。有钱人戴着墨镜从酒店里晃出来，开上他们的车咆哮着离开。他们好像总是很忙。有钱人总是很忙。他们大都很年轻，留着板寸，脖子上挂着粗壮的黄金项链，如果不出意外，他们的身边总是跟着位拉风的美女。据说，他们当中最有钱的一个，是个叫丁盛的人，他很低调，只有六辆私家车，一辆悍马、一辆宝马X5、两辆宾利雅致、一辆奥迪Q7、一辆SUV越野路虎。每天他都会开着不同的车去会晤客商，就像每天都要换一件新衬衣一样。当然，关于他的传闻很多，比如他有几个情人，比如他有几头鳄鱼、黄金蟒之类的庞大宠物。可这些跟我有屁关系？我永远不可能像他那么有钱。何况即便我像他那么有钱，我也不会买六辆车。我会给镇上的每个居民买一辆。

二

李红经常劝我说，我应该做点儿像样的大买卖。我知道她这么说是为了我好。她说这话的时候基本上不看我。她既然知道说也是白说，干吗还要说？我拿什么做大买卖？我又没钱。一个男人没钱，不等于新婚之夜才发现自己阳痿吗？可我不能说“不”。她不是个喜欢听男人说“不”的女人。前一个男人被她赶走了，就因为那个男人经常跟她顶嘴。他从来就没有说过“好”或者“是”。提到那个不识趣的男人时她经常会这么说：“如果他不找个理由反驳你，他就会因为缺氧而憋死。”

对于我的小赌，她倒没说过什么。她父亲赌钱，她弟弟赌钱，她前夫赌钱。我估计那个喜欢跟她顶嘴的男人也赌钱。在她看来，男人喜欢赌钱，跟天天去洗头房相比，是种更健康的生活方式。何况有时候她也玩上两把。她手气通常不错。她这个年龄的女人，赌钱一般都不会输。

我就是在康捷家玩牌时看到曹书娟的。说实话，我真没想到会在康捷家碰到她。我很久没见到她了。那天我去得早，我踢掉皮鞋，靠在康捷家的沙发上看电视。我看电视只看中央电视台的少儿频道，里面有很多动画片。我最喜欢《海绵宝宝》。那天讲的是蟹老板女儿生病了，家财万贯的蟹老板为了省钱，亲自给女儿动手术。他女儿是条长得非常丑的大嘴巴鲸鱼……这时门铃响了，康捷去开门，然后，我就看到了曹书娟。她看到我时，一点儿都不吃惊，这让我有点儿难受。康捷很客气地把我们互相介绍了一番，然后我们就坐到麻将桌旁。那天我输了点儿钱。我不知道这是不是因为曹书娟。她倒没什么，不过很明显，她的牌技跟以前比是越来越好了。我没注意到康捷是否察觉出我有点儿反常。我总是忍不住拿眼去瞟曹书娟。她没怎么老，也没变得更年轻。除了她的牙齿上箍了个牙套，我看不出她跟以前有什么区别。打着打着她接了个电话，然后就很有礼貌地起身告辞。康捷出去送她，我趁机溜达到厕所，在卫生间里洗了把脸。等我出来时，康捷猥琐地看着我笑。他说："这个货怎么样？嗯？"我朝他点点头。我很佩服他总是能找到些莫名其妙的人来打牌。而这一次，他把我的前妻找来了。

我把碰到曹书娟的事告诉了李红。李红正在用紫砂锅炖牛肉，一边炖牛肉一边唱歌。李红是个爱音乐的人。据她自己说，在锦州上小学时还专门练过手风琴，另外她还是校合唱团的领唱，如果不是变声期倒了嗓，她没准已是个出色的女歌唱家。谁知道她说的是真是假？反正炒菜的时候唱，洗澡的时候唱，化妆的时候唱……她的声音有点儿像那种女花腔，即便烂大街的歌，从她抽搐的嘴里唱出来，也是那种圆润、颤抖、浑厚、让人起鸡皮疙瘩的高音。当然，用她自己的话讲，她是个有素质的人，虽有傲人的肺活量，可为了避免扰民，总是刻意把高音降调。这样，我总是看到她严肃地吟唱着辨不清歌词的咏叹调，因骄傲衍生出的隐忍让她浑身散发出一种光芒……是的，属于一个美容院老板的光芒。当然有时她也难以自控，磅礴洪亮的嗓门让我溜达到阳台上。这时她会很郑重地问我，为什么我唱歌时你总爱去阳台？我只得实话实说，我说，我这是为了避嫌。她就迫不及待地问，避什么嫌啊？我嗫嚅地说，我怕别人以为是我在打你。

我怎么能把遇到曹书娟这件事告诉她呢？当她听到曹书娟这个名字时，她歌也不唱了，从厨房扭头扫了我一眼。我就继续嘚啵嘚啵地说。我说,曹书娟都这么大岁数了,居然还戴了牙齿矫正器。我说,曹书娟的裙子穿得很难看,竟然是紫色的。我说,曹书娟的手指越来越黄,什么时候变成老烟鬼了。我说,我们面对面地打了两个小时的麻将,竟然没说上三句话。我自言自语时,李红一声都没吭。她只是炖她的牛肉。我觉得这样挺好。

吃饭时通常很静,尤其是吃牛肉,我只听到我们三个人的牙齿咀嚼肌肉纤维的声响。丁丁吃饭从来不看别人。她不光吃饭不看别人,不吃饭时也不看别人。至少对我是这样。我搬过来半年,她几乎没正眼瞅过我。她不光没正眼瞅过我,也从没主动跟我说过半句话。为了讨好她,我曾花了一百九十块钱给她买了条连衣裙,她只是从李红手里接过去,揪住裙角一声不吭扔进衣柜,仿佛这条裙子脏了她的手。后来我在垃圾桶里发现了那条裙子。裙子粘得全是大米粒,裙边手工编织的大黄花被剪子剪得支离破碎。不过这孩子的胃口一直很好。我就喜欢能吃饭的孩子。我看着她大口大口把米饭扒拉进嘴里,又用筷子夹了块肥瘦适中的牛肉,小心翼翼卷上舌头。我怀疑这个肥胖的女孩其实早得了自闭症。每当这么想,我就会想起小虎。

每当想起小虎,我的心就一揪一揪地……疼。

“宗建明,快点儿吃饭。”李红说。

我只好笑了笑。李红最喜欢我笑的样子。

“牛肉凉了就不好吃了。”李红说。

我说:“酱牛肉都是凉的。”

李红瞄了我一眼。

我说:“我喜欢吃凉的酱牛肉。”

李红攒着眉头白了我一眼。我就不说话了。可我不说话并不代表我就成了块石头。

“我知道你在想啥,”李红叹了口气说,“曹书娟可真厉害。”

沉默半晌后,我方才说:“我什么都忘了。”

李红“咦”了声,说:“是吗?哦,这最好不过。你这样的人要得了健忘症,反倒是件好事。”

我用力点头。我把牛肉嚼得更响。

李红又说:“哎,如果实在忘不了呢,也没关系,反正你长着两条腿,想去哪儿就去哪儿。你还长着第三条腿,想搞谁就搞谁。”

我使劲笑了笑。

李红说:“说实话,你笑起来真挺丑的。眼窝那么深,鼻子那么尖,还长着副兜齿。”

我说:“我知道。他们都说我像俄罗斯人。他们都说我长得像普京。”

李红“哼”了声,继续问:“你还知道什么?”

我龇着牙说:“你炖的牛肉比清真饭馆的都香。你是不是放了大烟壳?”

李红很郑重地点点头。毫无疑问,她对自己的厨艺相当自信,就犹如她相当自信地认为,我已经从上到下、从里到外完全是她的人了。她这么想也没什么不对,我住着她的房子,我吃着她的饭,我蹲着她的马桶,我睡着她的床,我花着她的钱。如果这样我还没有完全属于她,那么这个世界就太无耻、太匪夷所思了。

三

多年来我一直坚信我可能是个被湮没了的……天才。当然,我没跟别人说过。男人到了我这个岁数,如果还没学会夹着尾巴做人,还没学会睁着眼睛说瞎话,还没学会自己放屁瞅别人,肯定让人笑掉槽牙。我不怕被人笑话,我只是怕被那些我瞧不起的人笑话。不是我吹牛,我们夏庄一千号人,无论男女老幼,哪个不知道我宗建明呢?

我小学一年级时我爸心血来潮养了几条金鱼,两个礼拜就全死了。这在当时的夏庄被人传为笑谈。一个庄稼汉不好好养猪养牛养鸡养兔,养几条花里胡哨的金鱼干啥?养就养了,还全养死了。我觉得我爸挺窝囊,赶集时就顺便偷了几条。这几条金鱼大概是世界上寿命最长的金鱼。我记得我高中毕业了,它们也老得游不动了,还在鱼缸里安然无恙地翕动着它们硕大性感的红嘴唇。没人猜到我是怎样饲养这些金鱼的。我不但把它们养活了,还让那条黑玛丽产了许多卵。那些透明的水泡似的卵孵出了几百条蜉蝣大小的黑玛丽。后来我们夏庄的人家就都养上黑玛丽了。再后来,王二家的母牛难产时,也找我去帮忙。有谁会想到一个十几岁的孩子蹲在牛棚里帮母牛分娩?村里人在我初中毕业时强烈建议我考市农校，专门学畜牧兽医专业。在他们看来,我是个天生的兽医。如果我不去当兽医,那简直是畜生们最大的损失。

六年级时我练了五个礼拜的乒乓球,把我们学校的体育老师大刘打败了。大刘曾是我们县教职工乒乓大赛的季军。那年春天,大刘从独窠镇得意扬扬地带个少年回来,专程跟我打了一场。那场比赛多年后还被夏庄小学的老师们津津乐道。他们谁也没想到我只花了半个小时就把少年打败了,印象最深的是当我发完最后一个侧旋球，那孩子突然把球拍往地上一摔，蹲在乒乓球台边上“呜呜”恸哭起来。他哭得那么伤心，那么绝望,仿佛他是这个世界上唯一的孤儿。最后,老师们不得不把他连抬带拖地拽上拖拉机,送回了独窠镇。后来我才知道,这个男孩就是桃源县乒乓大赛青少年组的冠军。他有个很好记的名字,康捷。

他们都夸我聪明，他们都说，我的心比别人多长了一窍，如果我想干点儿什么，我肯定能干成。他们说得没错。他们总是对的。高中时我喜欢上了曹书娟。第一次见到她是在操场上。高一的新生都在操场上拔草，她蹲在那儿，腰板细得一把掐，乳白连衣裙裹得臀部微微上提，让她既优雅又趾高气扬。当时我就想，哦，这就是我老婆。追她没费什么劲，我给她写了几封情书，请她吃了顿鱼香肉丝和麻婆豆腐，然后就把她带地洞去了。我们学校有座古城，是元朝大将那颜倴盏修的，据说用以囤积粮草，地洞就在古城下边，抗日战争时成为八路军的指挥部。不过当我们上高中时，这条地洞被学校用大石头堵死了，如果他们再不把它堵死，估计会有很多女学生不得不中途辍学。不过那块巨石并没难倒我。我攥着根木棍在石头旁转来转去。曹书娟问，你在干吗？我就跟她说，我在找一个点，如果把那个支点找到了，我就能把这块石头撬开，如果把这块石头撬开，我们就能钻进地洞，如果能钻进地洞，我们就能干点儿我们都想干的事了。我记得曹书娟的脸当时就红了。这让我很得意。后来呢？后来我真把那块巨石撬开了。怎么撬的？很简单，我真就找到了那个支点。是的，只是一个点，然后，我和曹书娟就把石头撬开一尺——这个缝隙刚好够我们钻进地洞。

可是，如果一个男人总怀念从前那点儿屁事，并故作镇定地讲给人听，那么他肯定不是个天才。最起码讲，肯定不是个腰缠万贯的天才。吃完炖牛肉的下午，那个曾跟我钻过无数次地洞的女人，那个曾经把我当成天才的女人，终于跟我面对面坐到一家冷饮店里。如果一天之内两次见到你前妻，你应该毫不犹豫地去买六合彩。搞到曹书娟的电话很容易，康捷办事相当靠谱。我没跟他说我跟曹书娟的关系，我怎么能跟他说这些呢？我只是貌似不经意地跟他念诵道，我×，那个女人的牙套真他妈性感。他在电话那头“嘎嘎”笑，他早不是那个为了一场球赛要死要活的少年了。五分钟后他把曹书娟的电话号码用短信给我发过来，当然，后面少不了他时常嘲笑我的那句话：种马发情，少妇遭殃。

见到我时曹书娟脸上没什么表情。如果一个离婚的女人跟她的前夫一起吃冷饮，而且脸如塑胶面具，那就表示这个女人跟她的前夫，真的丁点儿关系都没有了。

“你有什么事就说吧，”曹书娟看着我说，“不过我先告诉你，我最近手里很紧。”

我没有回答她。我有很长一段时间没骚扰她了。

我把戴着圣诞帽的服务员叫过来，点了两杯酸梅汤。我喜欢喝热的酸梅汤。

“我还有半个小时就要去北京。”曹书娟的右臂托着下颌,左手托着右胳膊肘。她没有看我,而是盯着玻璃幕墙外边的露天游乐场。

我点了支香烟,然后递给她一支。她犹豫了下才接过。我慌忙起身用打火机给她点烟。这个 Zippo 打火机是当年她去洛杉矶时专门给我定做的。上面刻着我的名字。

“如果你今天约我来只是这么干坐着,”曹书娟用手拢了拢头发,她一直喜欢这个动作,“我觉得一点儿必要都没有。”

酸梅汤上来了,我没用吸管。我讨厌吸管,就像我讨厌自己现在开不了口一样。

“你应该清楚,我没起诉你,没把你送进监狱,算给你很大面子了。你还想怎样?”曹书娟用中指轻轻弹击着玻璃杯的杯口。她的声音终于不是直线了,我仿佛看到她的胸口在剧烈起伏。这反倒让我心安些。

“你还想怎样呢?”她又问了一遍,似乎不是在问我,而是在问她自己。这时她的手机响了。很好听的铃声,如果没有记错,这首歌的名字叫《脚印》,小时候老听王洁实和谢莉斯在收音机里唱。他们的声音有种做作的华美和空洞。曹书娟扫了我一眼,站起来去外面接手机。她就站在玻璃幕墙外接手机。我在座位上能看到她的侧脸。我一直认为,她最漂亮的就是她的侧脸。她的颧骨有些高,正看有点儿寡相,不过若是侧看,倒有种骨感美。不久她就回来了,她走路的姿势还和以前一样,身体往前一挺一挺,仿佛身后有猎狗在追迫她一般。

"我走了。"她把手机放进包里。这是一款 LV 的包。小镇上很少有女人背这种包。"以后不用再给我打手机。从这家店里走出去,我就换另外一张卡了。"她站着,我坐着。她本来就高,她的语速也有些急促,甚至有些疲惫。有那么片刻,我怀疑她极有可能会顾不上店里熙攘的顾客,很优雅地扇我一个耳光。但是,没有。我就那样仰着头凝望着她转身离开了冷饮店。她的那辆红色宝马跑车就停在露天游乐场。

我终于站起来,去了趟洗手间。在洗手间里我长时间地注视着镜子里的宗建明。我本来以为宗建明可能会流泪,不过还好,镜中男人只用手按了按自己的眼袋,朝着镜子龇牙咧嘴地笑了笑。他的牙齿缝隙里全是烟渍。我突然想起一句话,不要找你的敌人陪你喝茶,她像你牙缝里的烟渍和你舌尖上的醋,使你烦躁不安。

四

“你下午是不是出门了？”李红问。

“没。一直在家睡觉来着。”

“真的？”李红换上拖鞋蜷缩进沙发，“那你为什么还穿着这件阿玛尼？”

我低头看了看自己的大衣。我竟然还穿着大衣。这是我最喜欢的一件衣服，每次打麻将或者会朋友，我都会貌似隆重地穿上它。“哦，下午去康捷那儿玩了会儿。”

“不会是又和曹书娟打对家了吧？”李红“呵呵”笑了两声。

“没。怎么可能呢？”我倒杯凉白开递给她，把她的小腿轻柔地抬上我的大腿捏揉起来。我按摩的手艺不错。我说过我可能是个天才，无论做什么，都会比别人做得好那么一点儿。

李红很快就放松了，小声哼唧起来。“其实见面又能怎么样？”她摸了摸我耳朵，似乎在安慰我，“你当时把她整那么惨，差点儿就死你手里。”她用手支起我的下巴，很耐心地打量我，“宗建明，你知道吗，泼出去的水是收不回来的，破了的镜子是圆不了的，花儿不会在一年里开两次的。”

“我比你清楚。”

“那就好。”李红把我揽入她怀里，似乎我不是她男人，而是她尚在哺乳期的儿子。“你也该清楚，”她咬着我耳根说，“我跟她们不一样，我只是想跟你好好过日子……哎，你到底有什么好呢，嗯？为什么那么多女人喜欢你，缠着你？”

她还没说完，我就把她扑倒在宽大的沙发上了。沙发弹性很好。我喜欢跟女人做爱时脚趾触到温软的棉布。“好了……好了，我要去接丁丁了。”李红喘息着推搡开我，笑着拧了拧我的鼻子，“你呀，浑身总有使不完的劲。”

她走了，房间里又剩下我一个人。我突然不知道该干点儿什么好。我先给单位打了电话，接电话的是王雅莉。她是我们单位去年新招聘的大学生。她细声细气地告诉我，她已经帮我把两家企业的申报表录好了。我只是"嗯"了声。这个安静的姑娘似乎对我很有好感，如果我没去上班，她会很自然地接手那本来应该由我处理的事。接着我又给康捷打了个电话。我听到麻将牌掉到地板上的声响，他似乎在叼着香烟讲话，口齿不是很清晰。他说："怎么样？嗯？爽了吗？你该好好谢谢我！明天，记住，明天去大陆海鲜请我吃龙虾！"然后是哗啦哗啦洗麻将牌的声响。

还好，李红很快就把丁丁接回来。丁丁回家后的第一件事就是打开电视看《喜羊羊和灰太狼》。这是部整个银河系最烂的动画片。它不会让孩子们变得可爱，只会让孩子们变得更蠢。丁丁就是最好的例子。李红把丁丁放家后又去美容院了。这个女人是只永远不会停下来的工蜂。不过这样也好。这样能有什么不好的呢？我到了书房，打开了那只皮箱。这是只棕色的皮箱，一九九四年上大学时买的，我怀疑它根本不是皮子的，而是人造革的，这么多年来，它的色泽越来越暗，已经破了两处，露出黄色的硬纸板。可这并不妨碍我拎着它从一个地方走到另外一个地方。里面也没什么东西，一只开胶的乒乓球拍，几张散发着霉味的奖状，几束干掉的野花，几本相册，然后，就是那七根羽毛。

我已经忘记了这是我第多少次打开它，在冬日昏黑的光线里欣赏这些羽毛了。屋子里没有开灯。羽毛色泽黯淡,密集的绒毛上长着一只沉郁的蓝眼睛。

“喂……”

我知道她是在招呼我。她总是这样招呼我。她这样招呼我总是让我很不爽。我不爽的时候通常会保持沉默。于是我听到她扯着嗓子喊道:

“喂!给我一根行吗?”

她把屋里的灯打开了,站在门口俯视着我。我还从来没见她用过这种眼神跟我说话。她棕色的瞳孔里流出的是那种类似濒死的小野兽特有的温情。这眼神让我感觉很舒服。我问她:“喜欢吗,你?”

“这是孔雀的羽毛吗?”

“嗯。”我拿起一根朝她晃了晃,然后麻利地放进皮箱。接着我把另外六根羽毛也放进了皮箱,用乒乓球拍压住。皮箱拉链拉起来的动静很响,我留意到丁丁棕熊般的身体随着拉链的声音颤抖了下。我把皮箱塞到沙发底座下面,这才对她说:“喜欢的话,叔叔以后给你买。动物园门口不光有卖孔雀羽毛的,还有卖象牙的、卖獭兔的、卖蟒蛇的……你喜欢红屁股的金丝猴吗?”

“我就想要刚才的那几根,孔雀羽毛。”她咬着肉嘟嘟的嘴唇说。

“哦……这个……”

“七根，”她眯缝着眼睛说，“一共是七根，快点儿给我。”

我盯了她半晌，说：“放心好了，我一根也不给你。”

她的脸通红通红的。她似乎要哭出来了。

我说：“别想得到不是你的东西，知道不？如果你现在不知道，长大了就会很狼狈。尤其是你这样一个又胖又丑的女孩。”

她肯定听不懂我在讲什么，她只是轻声轻语地说：“我会告诉我妈。我会跟她说，你连根孔雀羽毛都舍不得给我。你不怕我妈生气吗？你不怕我妈把你赶出这座房子吗？”她倚着门把手叉着胳膊站在那里，说话时除了肥硕的双腮鲇鱼般翕动几下，她的整个身体仿佛就是根冰凉的、粗糙的大理石柱。

我点了支香烟。我觉得这确实是件挠头的事。后来，我站起来摸了摸她的头顶。“随便，我又没用针缝你的嘴，你想怎么说就怎么说。说实话，叔叔一点儿都不喜欢你，真的。可是，叔叔还得装出喜欢你的样子，这挺难受的。我从来没见过你这么讨厌的孩子。你跟小虎比起来，简直一个是狗屎，一个是天使。”

丁丁就是这时哭起来的,李红也是这时拧开防盗门走进来的。不过,她似乎并没有听到我说了什么。如果她听到了,那天晚上我也不会躺在她的床上了。她给丁丁买了蜂蜜小面包。吃了蜂蜜小面包的丁丁不哭了。那天晚上,李红搂着我说,跟孩子计较啥呢？孩子是什么？孩子就是小动物。小动物喜欢什么？喜欢甜的喜欢暖的,你往她的嘴里塞块糖,给她的脚上套只棉袜子,她就欢喜了。她没有跟我说孔雀羽毛的事,也许她说了,我忘了,我唯一记得的是那个晚上,她趴在我身上狠狠咬我肩膀,就像一只记仇的獾终于用尖牙狠狠咬住了它的敌人,良久都没有松开。

五

我足足打了十几遍手机曹书娟才接。很显然她记住了这个不受欢迎的号码。让我略感意外的是，她似乎颇为平静，没有丝毫厌恶的意思。她说，她现在很忙，只能给我一分钟。她还说，我跟你已经离婚了，我们现在连朋友都算不上，不要动不动就骚扰我。说到“骚扰”这两个字时，她语气冷静，仿佛只是在转述别人的台词，表明别人的态度。我只好跟她说实话，我必须跟她说实话。我必须把上次在冷饮店没说出来的话全告诉她：

“我想要小虎。”

“你说啥？大声点儿。”她有点儿不耐烦地说，“你难道不能换部好点儿的手机吗？”

“我想要小虎。我想把小虎接过来，跟我一起住。听清了吗？”

“你疯了吧，宗建明？”曹书娟惊讶地问道，“你是不是刚从五院里跑出来？”

“没错，我刚把精神病院的护士全打晕了。我正开着飞机在世界各地旅行。”

曹书娟半晌没说话，她不说话就表示，她正在认真对待我。她必须把我的话当成真话。

“你连房子都没有。你现在还住你姘头家。”

“这个不用你发愁。”

“行了，别做梦了。宗建明。你总是在梦游。你总是搞不清，你是什么东西，你配有什么东西！”

曹书娟大吼一声挂了手机。她挂得很对时候。如果她还吼叫，她的声音肯定跟我的手机一起摔到地上了。后来我就坐在马桶盖子上抽烟。我的要求难道真过分吗？我想小虎了，我想把他接过来一起住，这一点儿都不过分。如果这个算过分，那么，世界上还有什么不过分的事？

我突然想把这件事讲给别人听。于是我坐在马桶上给康捷打手机。刚接通我就按掉了。我觉得如果康捷知道了我以前那点儿破事，肯定瞧不起我。除了小时候赢过他一场球赛，我好像样样都不如他。我就给马文打，马文很利索地接了。不过，我干吗要跟这个喜欢吃巧克力的胖子说我的私事？他知道得还不够多吗？我又不是个喝醉了的抑郁症患者。后来我就给菲菲打。菲菲是个可爱的东北姑娘，跟我有过几腿，她最擅长的是冰火两重天。她极瘦，躺在白色床单上扭动身体时，就像被医学院的教授冷漠地摆弄着的一副人体骨骼标本。她极爱说话，如果你不打断她，她可以从地球一直说到冥王星。她是个无所不知的人。可惜，那天她在电话里的声音忸怩不安，我隐约听到了一个男人粗重笨拙的喘息声。打扰一个女人做生意是不厚道的，我只得悻悻地掐掉电话。后来，我索性打开手机上的电话簿，一个人名一个人名地翻，翻到最后一个人名，我才发觉，我竟然没有一个可以说话的人。这个念头让我沮丧起来。这沮丧来得如此猛烈，以至于当李红敲起厕所的门时，我还在愣愣地盯着墙上的一只死苍蝇。这只苍蝇还没腐烂，我想肯定是以前的某个男人用苍蝇拍随手打死的，而且这个男人有洁癖，他甚至不愿意把这只苍蝇扔进垃圾箱。

“你有空吗？”李红斟酌着问，“我想跟你……谈些事。正经事。”

“我很忙。你没看到我正忙着吗？”

“是啊，你是很忙。我长这么大，还没见过有人穿着裤子拉屎。”

我只得从厕所里磨蹭着走出来。她能有什么事？什么重要的事能让她舍得放下美容院的顾客？我狐疑地盯着她。我肯定把她盯毛了。她的唇边粘着一粒米粒。

“曹书娟给我打电话了。”

“什么？”

“曹书娟给我打电话了。听清楚没？曹书娟给我打电话了。”

这倒让我有些毛了。曹书娟给她打电话？她们根本不是一个星球上的人。她们之间有数十亿光年的距离。

“我不知道她怎么找到我的。”李红双臂交叉倚靠着推拉门，“不过，她真的给我打电话了。”她似乎为接到我前妻的电话有些抱歉，“曹书娟说，你想把小虎接到我这儿来，嗯？”

我不知道该答“是”还是“不是”。如果回答“是”，那么我肯定是个不识趣的男人，竟然想把儿子接到情人家里住；如果回答“不是”，那么我肯定是个虚伪的男人，竟然不敢承认想把儿子接到情人家里住。

“我知道你是个好爸爸……”李红压着嗓门说，“你对丁丁那么好,更别说对小虎了。”她摸了摸我的下巴,“可你有没有想过我的感受?”她的眼睛潮了。我知道她是个容易动感情的人,我想她那些年费过万的客户都是被她湿漉漉的眼神打动的。“我已经很累了,我不想把自己弄得更累。谁希望自己总是筋疲力尽呢,你说呢?”

我只有说“是”。我肯定不能说别的。

“如果你真的想小虎了,可以把他接到家里住几天,”她轻声轻语地说,“这个我绝对没有意见。”

我走上前紧紧搂住了她,然后垂下头吃掉了她唇边的那粒米粒。她在我怀里突然小声抽泣起来。她也把我搂得紧紧的。她的胳膊那么细。她的细胳膊上长满了浓重的体毛。我一直不明白她为什么不把她胳膊上的毛给刮掉。

“我肯定会把小虎要过来的。”我望着她的眼睛说,“我想跟我儿子住一块儿。这段日子,我总梦到他……”

李红一把推开我,然后仰着头看我。她的表情有些错愕。也许她认为她的这番话是白说了。她往后退了两步,又扫我两眼,转身就走了。她关门的声响不大,说明她还没有真正生气。女人真正生气的样子我再熟悉不过。她们都有一个共同点，那就是，她们的瞳孔会喷出紫色的火。那股火焰会让她们精致的脸庞在瞬间变得畸形，仿佛一个塑料玩具被人狠狠踩了两脚。

我从楼上鸟瞰着她上了她的那辆马自达6。她开车的速度还和往常一样慢。她是个急性子的人，可她开车从来不超九十迈。这很好，她开了十几年的车，从来没有撞过别人，也没有被别人撞过。

六

其实跟曹书娟彻底分开时，她把那栋房子留给了我。这说明她还算是个有良心的人。她离开后，我跟一个饭店的服务员搞上了。这个服务员长得很像香港演员温碧霞。我喜欢所有长得像温碧霞的女人。她跟我在房子里住了很长一段时间。她还只是个十九岁的女孩，从燕山山脉的一个山沟里走出来不过半年，口音里还带着艮栗子味儿。这个年岁的女孩谈恋爱不要别的，只要你帅就行。当然，如果你长得帅，有份稳定的工作，还有自己的房子，那就更好了。我确信那段时间我彻底忘了曹书娟，彻底忘了小虎。我突然就得了失忆症，不久前发生过的事突然就像一粒沙子落在沙漠上，没一点踪迹。这让我想起一部美国电影，主人公得了一种奇怪的病，每隔五分钟，他就会把发生过的所有事都忘了，哪怕你还跟他躺在床上，他已经想不起你的名字。后来他只好给每一个刚认识的陌生人拍张照片，在照片上写上名字，而那些他认为极为重要的线索，则让文身师文上他的大腿根儿、胸部、胳膊……我确信我比他幸运，下班买菜的时候，会有飘忽的影子倏地闪过。我会咬着牙齿让那些影子以最快的速度消失……

后来我跟马文说过这种感觉，据他的推测，我那阵子肯定是得了“选择性失忆症”。也许这个胖子说得没错。他一直是个聪明人。当然，比我还差那么一点儿。饭店服务员后来为什么离开我？我打了她。我为什么打她？因为有一天她心血来潮，在我上班的时候，把我们家的地下室给重新收拾了一下，她把那辆金蛙牌三轮车、生锈的煎饼锅、断了一条腿的军用床铺、爬满了蜘蛛网的书橱以及几十双高跟鞋全部卖给了一个绰号“匹诺曹”的红鼻子老头。服务员哭着走了后，有个在歌厅陪唱的小姐曾跟我同居过几个月。我就是那个时候迷恋上赌博的。要是李红知道我赌博时曾经输过一栋二层独院小楼，那么她肯定不会让我跟康捷他们去打麻将。

在那段声名狼藉的日子里，我身上通常不会超过二十块钱。一个离婚的男人如果混到这份儿上，只能有一个办法，那就是去找他腰缠万贯的前妻。刚开始的时候，曹书娟是一万一万地给，我记得很清楚，她总是把那些捆得极为齐整的人民币狠狠砸到我脸上。然后我就拿着我前妻的钱，继续去赌。输掉后我还去找曹书娟，我觉得如果我不去找她要钱，我就太对不起她了。她生性贪婪。后来几次，只是两千两千地给。她面无表情地把钱塞到我的衣兜里，鼻子里哼哼着，明显是对我的这种行径极为鄙视。可这有什么关系？如果当时有人让我吃泡狗屎，再给我五千块钱，我肯定吃。再后来就找不到曹书娟了。这个吝啬小气的守财奴在我的生活中消失了很长一段时间。那段时间里我一直住单位宿舍。那帮赌徒也没联系过我，也许在他们看来，我只是堆散发着恶臭的垃圾，连个馊馒头也拣不出来了。那时我们单位的人见了我都避之不及，仿佛我身上的厄运随时会像病菌一样传染给他们……当那天马文皱着眉头说外面有人找我时，我愣了半晌。后来马文嘴里嚼着巧克力继续大叫我的名字，我才哆嗦着走到单位门口。那天多冷啊。那是有生以来最冷的一天。就在那一天，我在我们单位门口看到了一个男孩。

这个小男孩裹着件白色羽绒服，羽绒服帽子外面还裹了条桃红色的围脖：他站在那里一动不动，仿佛雪后刚堆好的雪人。当他小跑着到我跟前时似乎犹豫了一下，然后死死抱住了我的大腿。我就是在他抱住我的刹那知道了他是谁。能是谁呢？还能有谁呢？只能是我的小虎。小虎。我的儿子小虎。我上小学三年级的儿子小虎。考试从来很少及格的小虎。我蹲蹴下去，拨拉开他的帽子和围脖，轻轻蹭着他的小脸。他什么都不说。他好像离我很远很远。当我试图去亲吻他的脸蛋时，他才害羞地笑了。我承认，这是我这辈子见过的最好看的笑。他把一个信封偷偷塞到我手心里。他说："爸爸，这是我攒的钱，给你买好吃的。"

他怎么来的？又怎么走的？我竟没留意。我当时打开了那个信封。信封里装了二十五块钱。钱很旧，闻上去有股馊味。我就攥着有馊味的二十五块钱，在寒风中站了几分钟。从那以后，我就再没赌过。后来跟康捷混上，也只是随便玩玩，那种动辄上万的游戏，我再也没碰过。

"我知道你彻底戒了，"康捷说，"我相信你再不会碰了。"他那几天一直犯牙疼，总是耷拉着八字眉吸溜着空气，同时眼神里流泻出不耐烦的神情。"可是一下子借这么多钱……"他左边的眉毛快耷拉到肥硕的腮帮子上了,“我也拿不出啊。”为了证明他言辞非虚,他只得继续说:“你也知道,去年秋天接的那笔活,账到今天也没要上来。建明啊,财主也不是天天吃龙肝凤胆啊,是不?”

我很郑重地点头。我必须很郑重地点头。任何一个人,如果碰到有人跟他借二十万,即便他没牙疼,肯定也是康捷这副嘴脸。事后我想不起怎么就去找康捷了。跟人借钱最好撒谎,但是跟康捷借钱,最好实话实说。我说,我想买房子。我想把小虎要过来跟我一起住。我经常在梦里看到他。我快受不了了。

“晚上呢,别走了,来一帮贵客。你帮我陪陪酒吧。这几天我的牙快疼死了。”他忍不住用手指去抠自己的臼齿,“有时候坐床铺上,一坐就坐到天亮。×他妈的,我多希望自己的三十二颗牙齿都完美无瑕啊,”他的舌尖不停伸缩着舔那颗牙齿,“就像个十六岁的雏儿。”

康捷的朋友很多。那些人无一例外都是他的贵客。穷极无聊时我曾总结过他的朋友圈:一种是他的小学同学,没什么本事,做点儿小本生意,这些人包括卖水暖配件的、卖农机的、卖圣象复合地板的、卖劣质化妆品的,他们一般都开松花江或者长城皮卡,来找他的原因也简单，无非是借钱；一种是他的生意朋友，那些人大都跟建筑、饮食和娱乐业有关，他们开的车都比康捷的那辆丰田霸道要好；还有种就是行政口的，国地税工商局银行建设局环保局城建局，也许可以这么说，在这个县城里面，每个行政口都有康捷的人，那些人基本上都开着十来万的车，他们的白眼仁儿通常都会比黑眼仁儿多一些。“今儿晚上的人你差不多都认识，都是好哥们儿，”他递给我一支香烟，“先别想房子的事了。每个人都有受不了的事，但也得受着啊，活着不就是受罪吗。”

如康捷所言，那天晚上来的客人我大部分都认识。一个叫“刺猬”，是环保局质检科的科长，长着两道残眉，从来不笑，喝起酒来从来不醉。一个是银行储蓄所的所长，明眸皓齿，貌比潘安，见人总是颇为含蓄地颔首微笑，仿佛他是个来开新闻发布会的明星。还有个是财政局的科长，据说平时好写点儿豆腐块文章，发在我们这里的晚报上。那个有点儿秃头的是县医院实验室的主任，他很有名，不过他有名不是因为他的技术，而是因为他小姨子，他小姨子跟了他十三年，当然，他老婆没死，活得好好的，他们也没离婚……只有一个不认识。我不认识这个人，是因为我真的从没见过他。他大概不会超过二十五岁，头发黄黄的，眼窝很深，瞅人时眼神涣散，当发现别人注视他时，他才朝别人木木地点一下头。

“这是李浩宇，”康捷说，“人劳局的李浩宇。浩宇过来。”李浩宇就低着头走过来。“这是宗建明。税务师事务所的。”李浩宇就跟我握手。他的手心潮乎乎的。我很少碰到冬天手心潮湿的人。一到冬天，大部分人的手心会非常干，并且手指上的皮肤会因燥冷的气候变得粗糙脱皮。

那天晚上我们喝了三瓶十斤装的张裕干红。那种酒的玻璃瓶足有两尺高，卡在造型优美的木头匣里。他们在忙着打麻将时，我就和李浩宇忙着开酒。我们都没喝过这种包装的酒，鼓捣半天也没把红酒从包装盒里拽出来。后来李浩宇转身从厨房里翻出把锤子，然后照着木头匣子狠狠砸下去。他的手指又细又白，有些像女孩的手。高过膝盖的红酒从匣子里取出来了，可是倒起酒来很费事。“有暖壶吗？有暖壶吗？”李浩宇皱着眉头凝望着我。我说肯定有，谁家没一两个暖壶呢？他就吩咐我去拿。这孩子可能很少来这样的场合，为了证明自己是个聪明能干的人，他努力在每一件小事上都显现出自己的镇定干练。我把暖壶随手递给他。他眯缝着眼睛盯了我一会儿，匆忙低头把红酒灌进暖壶里。

"你是近视眼吗？"我问他。

"不是……哦，是……"他慌忙回答问题时，红酒就从暖壶里溢出来。那些红色的液体很快就把乳黄色的瓷砖洇了一大片，他"啊"了声后转身去拿拖布。他就是在转身的刹那间跌倒的。一只脚顺势把暖壶蹬出了足有两米远，然后，伴随着"砰"的一声，暖壶就碎了。

说实话，这个场景给我留下了异样深刻的印象。包括我后来去做那件事的时候，我在车里还想起了那个暖壶，以及从暖壶里洒出来的飘着香气的葡萄酒。满满的一暖壶葡萄酒把地板变成了一块猩红的大绒布。当康捷踱步过来时，李浩宇刚从地板上爬起来。他的浅色牛仔裤全湿了。"哦。没事的，浩宇。"康捷还在用舌头不停地舔着那颗臼齿，"岁（碎）岁（碎）平安嘛。你的腿没伤着吧？"

李浩宇小声"嗯"了声，又支支吾吾说："没事。"

"没事就好，"康捷笑了笑，"你们慢慢拾掇吧。放心好了，我的酒窖里还有十来瓶这样的红酒。一会儿你们尽管去拿。"

我不知道该怎么安慰李浩宇。当然，如果他是个姑娘，我肯定有办法。我就盯着红酒继续在地板上流。后来当我瞥李浩宇时，我发现他也在看我。他竟然在笑。他笑起来的样子有点儿像鼹鼠。

“真够丢人的，”他用手掸了掸仍滴答着葡萄酒的裤子，“我长这么大，还没碰到过这么丢人的事。”似乎为了安慰我，他的手稍显迟疑地在我的肩膀上重重拍了下，“可谁没疏忽的时候呢？凡事包容。凡事相信。凡事盼望。凡事忍耐。爱是永不止息。”他的手还停在我肩膀上，“这是《新约·哥林多前书》第十三章里的。你觉得有没有道理，宗建明？”

七

那天晚上，县医院的医生喝吐了。康捷开着车和我去送他。都凌晨一点了，他老婆和他小姨子还在门口等着这个脸庞浮肿的男人。然后康捷又去送我。在路口我们遇到了红灯。康捷就窸窸窣窣地从放光盘的地方扯出个信封，抖了抖递给我。我摸了摸，很厚，但是还没厚到可以交房子预付款的地步。“这是两万块钱，你先拿去用吧。”他咧着嘴说，“牙真他妈疼……哎哟……等过段时间资金回笼了，我再替你想办法。成吗？”看我没吭声，他突然笑了，“你别不知足，这些钱够一只鸡卖多少次啊？”我想了想说，我不是鸡，我是你哥们儿。康捷就不笑了。他冷不丁把信封从我手里抽回去，摔到车窗上说，你他妈爱要不要！我可没欠你的！我慌忙着又把信封抓过来塞进裤兜。我小心地笑着说，我不是嫌少，而是你给得太多了。

他对我已经够意思了。说实话，我跟他混也就这两年的事。那是个无聊的饭局。请客的是家钢铁公司老总，由于我们单位的关系，我被隆重地邀请过去。我知道在那种场合该怎样喝酒，该怎样说话，以及该说怎样的话。那种八股文的程序既乏味又约定俗成。譬如先敬谁酒，后敬谁酒，然后主人几个黄色笑话过后，酒场就像水烧到滚边了。主陪会挨个敬酒，如不出意外，主陪一般都海量，不仅海量，口才一般都不输《××讲坛》那些信口开河的狗屁学者。那天他们干杯时，曹书娟的电话偏就打过来。我忙去接，有个男人就说，喂，宗主任，业务这么忙？我强笑着说，是你嫂子。男人就问，哪一房啊？大嫂还是二嫂？我想想说，不是大嫂也不是二嫂。男人问，你肾功能还挺强！两个还不够你忙活？我嗫嚅着说，不是你嫂子……是我前妻。男人就说，前妻也是妻嘛！谁能说你用过的尿壶扔了，就不是你的尿壶了？众人哄笑。后来这男人亲昵地搂了我脖颈，一起去洗手间。在洗手间曹书娟的电话又打过来，我听到她“嗡嗡”地说，她打算好了，房子给我，小虎她要。“我不起诉你已经比上帝都仁慈了，你不能说不，听清没？”她用惯常的口吻一锤定音，“从今后，宗建明，你再也见不到小虎了！”

我愣愣地挂掉电话，那个男人也刚好方便完。他拍了拍我肩膀，问道："哥们儿，我问你件事。"我说随便。他沉吟片刻说："你是不是叫宗建明？"我说是。他笑嘻嘻地问："你还记得一九八七年，夏庄的那场乒乓球比赛吗？"我这才正眼观瞧他一番，然后皮笑肉不笑地问道："难道……你就是康捷？"很明显，他对我依然记得他的名字颇感意外。那天晚上，我跟他喝了一斤半五粮液。男人间的交情很简单，无非是酒跟女人。而我跟这个男人，除了这些，还有二十几年前一场乒乓球比赛。我才知道，康捷已经是一家建筑公司的老板。后来慢慢搞清，所谓的建筑公司，有点儿草台班子的意思，有活儿了就拉关系、搞竞标、跑批复，活计到手了，再把标的一卖，轻松挣上四五百万不是问题。大多时候，康捷总是比我还悠闲，悠闲的时候，他会时不时叫上我，跟他喝喝酒、打打麻将、陪陪客人。不过，我们再也没一起打过乒乓球。不是我不想打，而是康捷说，自从那次输球给我后，他就再也没摸过乒乓球拍子。

"每次你跟康捷喝酒都会喝多。"李红似乎暂时忘记了小虎的事，对我这么晚从康捷家回来也丝毫没有介意。她一点儿都不傻。她懂得排兵布阵的道理，知道越是当口，越不能急躁。稳住阵脚才能一招制敌。她嗔怪道:“你不就是小时候赢过他一场乒乓球赛吗? 至于好得穿一条裤子?”我知道她没生气。我还知道她对我跟康捷交往还是很自豪的。女人的男人如果有一个有钱的哥们儿,这哥们儿又对男人不错,女人肯定觉得是件有面子的事,况且康捷出手大方,给他老婆和他情人分别办了一张过万的年卡。

“对了,问你件事。”

“问吧。想问什么就问什么。我对你就像对它,”我摸了摸下边,“都是最亲的。”

李红没笑。李红没笑说明她真的有事。“丁丁今儿晚上跟我说,前几天她跟你要几根孔雀羽毛,你没给她。”

“嗯。”

“你为什么不给她呢? 她只是个孩子啊。孩子最好哄了。你把她哄高兴了,才会跟你亲……我希望我们结婚后,孩子管你叫……爸爸。”

我不知道该怎么样回答她才好。

“不就是几根破羽毛吗? 又不是什么值钱的货,至于为了这件小事惹孩子生气吗?”

我随手翻着枕边的几本杂志。杂志“哗啦哗啦”地响。

"不会是以前的相好送的吧？"

"是的话我早就扔了。"

"可我还是闹不清，你干吗舍不得几根破孔雀毛呢？"

"是啊，我为什么舍不得几根破孔雀毛呢？"

"谁送你的？嗯？"她的手划过我的小腹，然后就停在那里。我感觉到小腹慢慢温暖起来。

"我真记不清了。"

"明天你送给丁丁几根，"她一把就抓住了正经地方，我不禁小声呻吟起来，"不，全都送给丁丁，一根不剩地送给丁丁。"

我想跟她说，这几根孔雀羽毛对丁丁并不重要，重要的是她应该带丁丁去市里看心理医生。这孩子已经有两天没说过一句话了。可话到嘴边又活生生咽了回去。我不想她整宿睡不着。我一个人整宿睡不着就够了。

第二天一大早李红就走了，她去市里进货。李红走了以后我又开始给曹书娟打电话，我想我一定是疯了，只不过疯得还不够。如果一个人疯了，而且还没到癫狂的地步，那么他一定是最冷静最理智的。我知道如果直接联系曹书娟，她肯定不会接我的电话。我也不知道她是否还在郭六那里上班。可即便她在郭六那里上班,即便我去郭六那里找她,我又能怎么样呢？我以前又不是没去郭六那里找过她。郭六长得比我矮,也没我年轻,但比我有钱。他家就住在县城十里开外的农村。不过他居住的那个村子比较奇特,家家户户都在大规模地生产钢锹、铁锄、斧头、镰刀之类与农活儿有关的器具,他们将这些农具抛光上油,再卖到缅甸、埃塞俄比亚、厄瓜多尔、哥伦比亚这样喜欢种植罂粟和马铃薯的国家。他们的村子据说是全亚洲最大的钢锹生产基地,也是整个县城包二奶包得最疯、最明目张胆的地方:大老婆穿着黑棉袄在家里跟雇工一起割道轨、锯铁板;小老婆则在县城里喂养私生子,或者到美容院做昂贵的面膜。按照桃源县的说法,这个村子的男人普遍吃着碗里的,看着锅里的。

"康捷,你知道曹书娟现在……住在哪儿吗？"

"×,你还当真了？这个女人你可惹不起的。"

"那你肯定知道她住哪儿了？"

"我劝你最好别碰她。你知道她跟着谁吗？"

"我不想知道。"

"你最好知道。以前她跟着郭六,现在又跟着……"他沉吟了片刻,似乎在考虑是否该告诉我,"现在呢,嗯，她跟……丁盛的关系……很密切。你总该知道丁盛吧？”

是的，我知道丁盛。我们都知道丁盛。这个县城的人可能不知道县委书记是谁，但是没有人不知道丁盛。他以前是棉麻公司的工人，后来开了一家饭店，五年后他把酒店开到了市里，据说是我们市的第一家五星级酒店。有钱人手里的钱总是滚雪球般越滚越大，他又开了若干家洗浴中心，然后是全省最大的男科医院。男人有了钱，肯定又会涉足房地产。我们县城的大部分商品楼都是他开发的。所有人都说，他大概是桃源县有史以来最有钱的人。他到底多有钱？你看看他的车就知道了。

“你最好离曹书娟远一点。”康捷语重心长地叮嘱我，“别等着麻烦上身时，连跑都跑不了。”

“那你肯定知道她住在哪儿了？”

康捷沉默着挂了手机。他担心我，说明他真把我当了哥们儿。要怪的话，只能怪我不够哥们儿，我从来没把我跟曹书娟的关系告诉过他。他从来不知道，几年前桃源人嚼烂舌根儿的“郭六被刺事件”就是我干的。在传闻中，我被塑造成一个为了报复妻子出轨策划谋杀的人。也许他们同情我头上有顶绿帽子，他们把我的形象传得很高大。他们说我将一把藏刀藏在裤裆里，郭六刚从奥迪 A6 里迈下来，我就猎豹一样蹿上去朝他胸部猛捅三刀，鲜血直接就喷溅到我脸上。然后我用脚踹了踹郭六的肥头，又朝他吐了两口浓痰，这才甩着胳膊扬长而去。还好，他们并没有让我穿一件“小马哥”那样的黑色风衣，也没有鸽子从我头顶上的天空飞过。可这都不是事实。事实是，我根本从来就没有过那么一把藏刀，即便我有，我怎么会舍得把它藏在裤裆里呢？我事先也并不知道那天晚上会碰到郭六，如果我知道，我肯定会买把更锋利的蒙古刀。那天晚上我只是和马文跟一个北京来的神经质女人吃烧烤。也就是说，那阵子我很郁闷。我怎能不郁闷？我老婆曹书娟失踪了。我知道她蹲监狱了，可我并不知道她到底在哪儿蹲监狱。我找了她大半年都没找着，她竟然在我吃烧烤时从郭六的车里款款走出来。我还记得当时的情景，她昂着头，挺着胸脯，脸上是那种惯常的不屑表情。郭六搂着她的腰，他不仅搂着她的腰，还在大庭广众之下亲了她一口。由于他个子比曹书娟矮，他亲她时只能踮起脚。我盯着他的屁股，突然想把手里还穿着羊肉的钢扦扎进去。我仿佛听到了钢扦扎进皮肉时轻微的声响，然后血流出来，把略微烤焦的羊肉染得色泽更深些……

康捷还是把电话打过来了。他毕竟是我哥们儿。我的哥们儿已经不多了。他低着嗓子跟我说话，也许我该问候下他的牙疼是否痊愈。但我没有。我听他说，曹书娟有时候住在市里，有时候住在酒店，有时候住在县城，而现在……她就在县城的鼎盛花园。“110 栋 3 门 112。”当康捷说完最后一句话时，我听到他深深叹息了一声。

当时是上午九点，这个时候曹书娟通常还没起床。日子好过些后，她一般都十点起床。那个时候，她不再中午时到学校门口卖鸡蛋煎饼，她到郭六的钢铁厂当了财务科长。那是最安静的一段时期。她喜欢醒后再赖在床上半个多小时。当我催她给小虎去做饭时，她总懒洋洋地说，让我苏醒苏醒吧，宗建明，让我苏醒苏醒吧。我讨厌她在日常生活中使用书面语。跟她不同的是，我从来不喜欢“苏醒”，我从来不知道“苏醒”是什么滋味。我干吗非要知道“苏醒”是什么滋味呢？

八

我按了不下二十次门铃。估计曹书娟在猫眼里观察我半天了。小虎肯定没跟她在一起。听说小虎被她送到了市里的私立学校。

我说:“开门,曹书娟。”

我说:“你为什么不开门呢?我只是想跟你说说话。”

我说:“你把门开开吧。我没有别的意思,我只是想跟你聊聊。”

我说:“我知道你恨我。你恨我是应该的。”

我说:“我们从十六岁就谈恋爱。难道你现在连见一面的机会都不给我吗?”

我说:“如果你还恨得牙根儿痒痒,你就把我在笼子里关上半个月。”

我说:“曹书娟,你不开门的话,我就把这扇门给砸烂了。”

我说:“开门,曹书娟。”

我说:“谁没疏忽的时候呢?凡事包容,凡事相信,凡事盼望,凡事忍耐。”

最后一句话是李浩宇说过的。不过从我嘴里说出来有些可笑。我彻底没辙了。我不可能真拿锤子把门砸烂了。我可不是个野蛮的人。我上过大学,小时候就会给牛接生,我是个没有成功的天才。我突然想哭。我好久没哭过了,或者说,在我有生以来的记忆中,我好像就没哭过。可那天,坐在曹书娟家门口的楼梯上,我突然想哭了。我知道这很危险。这不是好兆头。很好,这个时候我接到了李红的电话。她貌似漫不经心地询问我,是否已经把那几根破孔雀羽毛送给了丁丁。我说,丁丁不是上学了吗?李红就说,中午你接她吧,顺便带她吃肯德基,再把那几根破羽毛给她,为了给她一份惊喜,你可以把羽毛用礼品盒包装起来。我打着哈欠说,单位很忙,中午有客户要请吃饭。李红就嘟囔着说,你少喝点儿酒啊。你现在每喝必醉,简直有酗酒的倾向了。

从十一楼坐电梯下来,我才发现下雪了。桃源总这样,每到冬天就铺天盖地地下雪,把各种颜色都染成白色，看着挺耀眼挺迷人的。我缩着脖颈，突然不知道去哪儿。我好像没有任何必须要去的地方。我多想找个会出气的说说话啊，哪怕是条狗。还好，在小区垃圾箱旁，我真的遇到了一条流浪狗。说实话，我还从来没见过浑身没毛的狗。它看上去更像一头营养不良的猪崽，在一堆被刨得乱七八糟的垃圾中急切找寻着食物。当它发觉我在冷眼看它，它也漠然地瞥了我一眼。它的黑眼珠在雪地里像两颗煤核。我顺手摸了摸衣兜，我记得里面还有两根火腿肠。后来我俯身，蹲它旁边，剥掉肠衣，犹豫着递到它嘴边。它嗅了嗅，一口就吞下去。它竟一口把整根火腿肠吞进肚子。我忍不住伸手摸它：它没动。它的皮肤像张砂纸，长满了烂苔藓的砂纸。

我起身离开时，它的眼里忽然流出一行泪。

一条会流泪的狗。我碰到了一条会流泪的狗。我本来想把那条流浪狗带回家，可是后来又想，我都不能带小虎回家，更何况一条长得那么丑的狗？街上行人稀少，下雪天，他们都喜欢猫在有暖气的房间。我也不例外。我已经很长时间没去单位报到了。我们所长，那个喜欢跳交谊舞的老太太，对我不是一般宽容。也许在她看来，像我这样的男人能安全地活着，不给她添什么乱,已让她感激到烧香拜佛了。

在单位门口我碰到了王雅莉。她见到我似乎很惊讶。她说刚想打电话给我,有人找我呢。我漫不经心地问,是谁?她垂着头喃喃道,喏,他还没走呢。

是李浩宇。李浩宇坐在办事厅的椅子上抽烟。他是个不会吸烟的人。他只是把烟从鼻孔里艰难吸进去,顷刻间又从嘴里吐出来。他吸烟的样子让他显得既寒酸又古怪。“哦。我来这儿有些公务。不过已经办好了。”他朝我迅速瞄一眼,低着头又猛吸了一口香烟,接着他佝偻着腰剧烈咳嗽起来,“我这几天有些感冒。你知道,冬天简直是气管炎患者的地狱。”他哆嗦着掐掉香烟,盯着墙壁突兀地问道:“中午你有空吗?我请你吃涮鱼。”也许他怕我对他过分的热忱有所疑虑,接下去他貌似坦荡地感慨道:“下雪吃鱼跟红泥火炉话春秋,人生两大快事呢。金圣叹说的。”

我从没听过金圣叹这个名字。看来李浩宇的确是个有文化的人。他说的话我都听不大懂。我还是绷着脸。他连忙小声商量着问:“不然……我们叫上康哥吧?”我说不用了。他牙疼,请一个牙疼的人喝酒,只会让他的牙更疼。他如释重负般“哦”了声,弯下腰替我把门拉开。

我没想到他会把吃饭的地方选在“香湾活鱼锅”，以前我和曹书娟经常来的地方。把一尾鲜鱼煮进麻辣的汤里，鱼的味道真不是一般的鲜美。李浩宇把鱼眼附近的嫩肉小心地剜出来，全夹进我的吃碟，他自己则只吃了几根半生不熟的菠菜。我们喝了一瓶五十年陈酿的茅台，是他从车里取出来的。说实话，我没想到这孩子有一辆宝马。看来真是人不可貌相海水不可斗量。我突然知道康捷为什么要跟李浩宇这样的人交往了。李浩宇没上几年班，又没什么职位，他们来往的唯一原因就是，李浩宇可能是个所谓的“富二代”。

酒的味道挺醇厚。事后我想起那个漫天飞雪的午后，我跟个只见过一面的孩子吃了顿还算丰美的午餐，确实有些不可思议。我不是那种自来熟的人，他好像也不是。不过我们还是说了些话。他的话有一搭无一搭，全然不在情理之中。有那么片刻我愣愣地盯着他。他的人中很短，按照桃源县的说法，他的寿命应该不会太长。与他的人中相比，他的下颏则很长，这让他的脸颊有些失去比例，有种滑稽中的威严。而他的眼睛……怎么说呢，很纯。我不知道用“纯”这个字来形容男孩的眼睛是否合适，可事实是，他确实有双看似无辜的眼睛。

“我知道你的酒量很大。听说有一次你自己就喝了两斤衡水老白干？”

“老皇历了。”

“听康哥说，你打得一手好乒乓球？你跟刘国梁交过手？还赢了他一局？”

“我有三两年没摸过球拍了。”

“我嫂子是开美容院的吗？”

“我还没结婚。不过……我结过婚。”

他好像不清楚问什么好了。他的牙齿间咬着一根青菜，呆呆地望着翻滚的鱼身。

其实，我本来想告诉他，我二十一岁就跟曹书娟结婚了。我们都是农村出来的，我是凤凰男，她是凤凰女。我在税务师事务所上班，每个月只有七百块，曹书娟在县锁厂当配件工，每个月四百五十块。生下小虎后她只歇了两个月产假，就去一家私人文印部当打字员。小虎两岁时，她开始频繁更换工作：先是辞掉了打字员的职位，到农贸市场卖山东煎饼，然后到家冷饮店当门童，专门对那些前来吃冰激凌的孩子们像鹦鹉那样不停地说着“您好，欢迎光临”。之后，她又跟亲戚推销一种昂贵的保健品。传销禁止后她借钱买了辆二手电三轮，晨起六点钟就到汽车站、小区门口拉客。有一次马文母亲住院，他夜间陪床，清晨去上班，随手在医院门口招了辆三轮车。那个车夫裹着军大衣戴着白口罩，脚上蹬着双翻毛皮鞋，将马文拉到单位时已气喘吁吁。马文刚想掏钱，车夫摆摆手说，马文，我是你嫂子。马文这才明白过来，车夫原来就是曹书娟。

“对了，你怎么看待夫妻间的忠诚问题？”李浩宇没看我。他盯着盘子里的青菜。他来回用筷子扒拉着青菜，“如今搞一夜情的太多了。”

曹书娟就是蹬三轮车时认识的郭六。郭六当晚喝醉了不敢开车，把车停在酒店的停车场。曹书娟将郭六送回家后，在三轮车上捡到一个黑色手包，里面装着手机、身份证、汽车钥匙、伟哥、银行卡和两个数目惊人的存折。她随意从手机里挑了个号码打过去，间接找到郭六，将手包还给了他。郭六很感激，便邀她去他的工厂当现金保管。当然，按照我的理解，郭六其实从一开始就心怀歹意。我甚至可以打包票，这完全是场阴谋。郭六当晚乘坐曹书娟的电三轮，肯定是故意把手包丢在了上面。

“我还没谈过恋爱呢。”李浩宇嗫嚅地说，“我有婚姻恐惧症。我大学时还得过抑郁症，没毕业就不念了。”

他干吗跟一个不熟的人说这些话？我不是神甫，

他也不是信徒。我们也没在教堂里。

“对了,跟你问个问题。你知道宇宙有多大吗?”说到“宇宙”这两个字时,他伸出双手比画了一下。他双手之间的距离不会超过三十厘米。

我就盯着那三十厘米的宇宙说:“我只看过《ET》和《星球大战》。”

“太阳有一百三十万个地球那么大,而银河系里又有两千多亿颗太阳那么大的恒星。”我盯着他。他的瞳孔放射出一种光芒,让他蜡黄的脸颊在瞬息间红润起来,“你可以闭上双眼想一想,两千亿是什么概念……”我的眼睛依然睁着,不过他的眼睛倒是安静地闭上了,“你可能根本想象不出银河系有多大,在我们肉眼看来,那只是一条点缀着星星的河流……前几年,天文学家又发现了五百多亿个与银河系类似的恒星系统。”

“哦。”

“宇宙里肯定有不计其数的外星人。他们之所以没有冒昧地打扰我们,”他艰难地咽了口吐沫,“只是因为,整个地球在他们眼里,只不过是玻璃球那么大小的一个玩具。”他睁开眼,面无表情地凝视着我,“有谁会跟玩具过不去呢?我们这些人,不过是依附在玩具上的细菌。或者说连细菌都不如，只是一个个原子那么大的物质。外星人肯定也不是以我们通常认为的方式存在，他们可能是气体，也可能是液体，更有可能是透明的非物质。他们干吗非得以人类肉体的方式存在呢？"他笑了笑，"没准肉体灭绝后，我们倒有可能在肉体之外见到他们呢。"

我百无聊赖地玩弄着手里的打火机。曹书娟送我的打火机。

"可是，即便我们只是一群细菌，也该有细菌的道德底线。你说呢，宗建明？"

我把一盘宽粉倒进锅里。我有点儿后悔跟他出来吃饭。他只是个对世界充满好奇心的小职员，喜欢跟人夸夸其谈，以显摆自己渊博的知识。可这有什么了不起？我十几岁就会给牛接生。

"有一个细菌想办点儿事。可是，他不确定，这事是否值得他去办，是否值得他付出一些代价。"

我什么都没说。我什么都没说是因为，他说得已经够多了。当我们结束了这顿午餐，已经是下午两点。李浩宇坚持开车把我送到单位。他车技很好，安谧的雪花大片大片打在车窗上，他仍把车开得又稳当又快捷。他的酒因为凛冽的寒气醒了不少，他肯定也为在酒桌上说了那么多该说或者不该说的话有点儿后悔，这让他的眼里有种惶惑的神情。当我下车时，他喊住我，说了句我一辈子都忘不了的话。

他说："有人打你的右脸，你把左脸也让他打；有人要你的衬衣，你连外套也让他一块儿拿走；有人逼你跑一里路，你就同他一起跑二里。这样会舒服些。"

他干吗给我讲这些？难道他知道我什么事？可即便知道，又有狗屁关系？我又不是山西煤老板，为了洗白只得为某集团注资五十亿元。我只是宗建明，输得一个子儿都没有的人。我摇摇头。关车门时我听到他"哦"了声，然后似乎微笑着说："不过，以牙还牙的滋味，肯定也挺爽。"

当时我想，他不但是个天文爱好者，还是个基督徒，如果他不是个基督徒，那么他肯定是个疯子。我没有必要听懂一个疯子的话。我现在唯一关心的是，该怎样拿到一笔钱，该怎样把小虎抢到我身边。如果真如李浩宇所说，我只是一个肉眼看不到的细菌，那么，这就是这个丑陋的细菌活着的全部理由。

九

“你倒是挺忙活。”李红说,“你这件阿玛尼都快穿酥了。”

“一个客户。他们公司财务出了点儿问题,想让我们做一套假账。”

“待会儿跟我一块接丁丁,”李红斩钉截铁地说,“顺便带上你那几根破孔雀羽毛。”

“我待会儿还要出门。你自己去吧。”

“你能不能对丁丁好一点儿?”李红柔声道,“你能不能不那么自私?”

“……”

“你摸着自己的良心问问你自己,我待你怎么样?”

“……”

“你再不说话我就把你当哑巴卖了。”

她有资格生气。我重新系上我的围巾,转身去拧门把手。她从身后搂住了我的腰身。我垂下眼看着她白皙的手指交缠在一起。

“我们谈谈好吗？”

“我们不是一直在谈吗？”

“不是这样的。”她的声音有些哽咽。她的乳房透过保暖内衣顶着我的脊梁骨。说实话，她破碎的声音完全没有了花腔女高音的高亢，相反，有些像是从羞涩的女孩的嗓子里挤出来的。有那么片刻，我的眼泪差点就流出来。我强挺着没有吭声。她绝对是个好女人。我现在不缺一个好女人，我缺的只是小虎。

“你把小虎……接过来吧。两个孩子还是个伴儿。”她的细胳膊仍然没有松开。不但没有松开胳膊，还把拖鞋踢掉，两条细长的腿钩住了我的膝盖骨。这样，我们两个以一种奇怪的姿势僵硬地站在那儿：我身体前倾，左手牢牢握着冰凉的金属把手，而李红则像只八爪鱼一样手脚并用，缠住了我的小腹和双腿。也许她也觉得保持这个姿势需要体操运动员的体力和腰肢，很快就从我背脊上滑了下去。滑下去后她没有像通常打情骂俏那样狠狠地揪住我的耳朵，而是将脸庞死死贴住我后背。

“我真的是想好好跟你过，你知道吗，宗建明？”她的声音很小,“我知道你所有的事,可我从来没有怀疑过你的诚意。我知道你跟我在一起后,再没有杂七杂八的事。我们图什么呢?我们什么都不图。”她好像终于哭出了声。“小时候我们家住在锦州，那里老地震,我爸爸就说,我们回老家唐山吧,那里地广人稀,鱼虾成群。于是,一九七六年七月二十六号,我们就举家搬迁到桃源县。结果刚过了两天,就来了场七点八级的地震,还好我们全家都安然无恙。有时候我就想,这辈子最倒霉的事已经过去了,后来的事再倒霉,肯定也要比这件事好,所以……”我听到她在擤鼻涕,“我第一个丈夫和他同事被我堵在他们单位的值班室,我啥都没说,我甚至连闹也没闹。第二个男人是个杠头,如果你驳他一句,他会有一箩筐的话等着你……我想肯定有更好的男人等着我。等啊等,就等到了你……我是真的想跟你在一块儿。就算你啥都没有,可我真的愿意。就算你长着一副兜齿,我也愿意。”

我转身抱住她。她那么瘦小,抱住她时仿佛抱住了一个发育不良的女孩。“你自己去接丁丁吧,”我佯装着亲了亲她的眼睛,“我真的有事要办。我要是骗你,我出门就被暴打一顿。”

她笑了笑。她笑起来的样子还是很好看的。

外面的积雪越来越厚，踩上去能淹没了脚脖子。我打算去找曹书娟。这么大的雪，她不可能再开车去市里。她肯定一个人在家看电视。她最喜欢看韩国电视剧，尤其是《加油，金三顺》。也许她觉得她自己就是金三顺吧。

最先发现曹书娟和郭六有勾当的，是我妈。她那阵子给我们看小虎。我妈是个一辈子没进过几次城的农妇，终生的乐趣除了生儿育女，就是拾掇农务，立春栽稻子二伏割麦子，霜冻收白菜腊月焐热炕头。那天她去商场买棉拖鞋。在商场门口，她看到顾客对两个人指指点点。她眼花，而且对县城每件事都有种孩子似的好奇心。她拎着双拖鞋，慢慢踱到那两个人身旁，忍不住“咯咯”笑了。原来是个男人和一个女人亲嘴。男人个子矮，女人个子高，那个男人只好把脚踮起。她的笑声惊动了两个正在亲昵的人。女人挣脱开男人毛茸茸的手臂，嘀咕了句“讨厌”，从包里掏出口红描了描唇线，机警地朝四周扫了扫。当她扫射到我妈时，有些诧异似的问：“妈，你怎么在这儿？又迷路了吗？”我妈去看那男人。那男人不是我。那男人怎么会是我呢？我妈立马就蒙了。她没答曹书娟的话，而是指着那个头发稀疏、肥头大耳的男人问道：“他……他是小虎舅吗？”

曹书娟她哥我妈以前见过，跟郭六模样倒差不多。曹书娟捋了捋我妈的衣领，安慰她道：“妈，他不是我哥。他是我老板。”她给我妈买了只赵家烧鸡，让郭六开车把她送回家。我妈还没明白过来，就被郭六讪讪地推搡进轿车。轿车里温度很高，我妈感觉气息急促，心胸烦闷，眼冒金光。后来，她把早晨吃的咸菜全解恨似的吐在车里。当然，这件事当时她并没跟我说。她怎么可能跟我说呢？她的心脏病已经让她说不出话了。

我大概是最后一个知道曹书娟郭六这对狗男女有奸情的人。我用皮带狠狠抽了她一顿。抽完后我想，好了，好了，一切都结束了。一切都会重新开始。谁能保证一辈子不犯点儿错？然后有一天，我突然被公安请过去。他们说，曹书娟利用专用发票偷了八百多万出口退税，结果被海关发现，因为数额巨大，税务部门已将案件移交到他们那儿。他们只是象征性地通知家属一声。我当时很纳闷，这事跟曹书娟有什么关系？她只是小小的财务主管，偷税这种事，公安不找法人怎么找她头上？后来才知道，郭六的厂子曹书娟能当一半家。好些重要协议和单据，都是她签的字。更让我吃惊的是，她一个人把所有罪名都顶下来。那次我在拘留所见到她，她神情淡漠，只是叮嘱我别担心，把小虎带好。她偷偷说郭六先让她顶罪，他会在外面跑关系，用不了几天她就能出来。郭六答应过她，等她出来后就给她两百万当酬劳。两百万哪，我记得当时她伸出两根手指，在我眼前骄傲地晃了晃……结果呢，郭六临阵拉稀，并没把她弄出来。她失踪了，我不知道她到底被判了几年，也不知道她被押在哪所监狱……然后就是那个夏天的"郭六被刺事件"，我发现她从里面出来了，仍跟郭六混。只可惜，我那六把穿着羊肉的钢扦并没插进郭六屁股。事实是，在我扑上去的刹那，曹书娟挡住了郭六，那六把尖细的钢扦，全部插在她的乳房上……

我为什么要想起这些事？这些事只会让我头疼。我不想头疼，头疼比牙疼更难受。我突然想起李浩宇的话，我们都是细菌。虽然是细菌，我们也要做不头疼的细菌。在鼎盛花园的门口，我又看到了那只流浪狗。我朝它摆摆手，它漠然地瞅我一眼，然后跟着我默默地走，一直走到110栋3门。这个时候我停了下来，它也停了下来。我就摸我的大衣兜，很遗憾的是，衣兜里除了手机和钱包，什么吃的都没有。我蹲下身子朝它吹了吹口哨。它突然大声狂吠起来。当时我想不明白，它干吗那么生气呢？只是因为我没喂它火腿肠吃？

事后我想，其实它并没有朝我狂吠。它只是看到了三个彪形大汉站在我身后。他们在我身后大概站了一段时间。后来一个站得不耐烦，这才一脚把我踢了个跟头。他们不但把我踢了个跟头，还用他们粗糙硕大的拳头在我的肋骨、我的鼻子、我的裆部、我的屁股上狠狠砸了若干拳。我被打蒙了，从小到大我还没被这样揍过。有一拳砸在我的肋骨上时，我听到了核桃壳被捏碎的清脆声响。我想，一定是骨头折了。我只好用胳膊死死抱着我的脑袋。我那阵还清醒，想偷偷看一眼他们的模样，但马上一只拳头就砸在我左眼眶上。他们在打我的过程中没说一句话，我只是听到那只流浪狗在不停地叫，后来叫声也渐渐弱下去。我想如果从天空往下俯视，一定是很有意思的事。一个人被三个人拳打脚踢，一只狗在旁边胡乱狂吠。这一切这么安静，跟雪花落在雪花上的声音一样安静……我突然想抱住什么东西，我的手臂似乎想攫住什么。也许他们认为我是想反抗，拳脚上的力道更足了。其实他们根本不会想到，我只是想起了我的儿子，我的儿子有个好听的名字，他叫小虎。我想把他抱在怀里。我甚至想起了曹书娟失踪的那段日子……每天下班后小虎都会把饭做好。他才七岁啊。可是他炒的菜是我吃过的最美味的菜，他最擅长的一道菜是红烧鲫鱼……鲫鱼身上的鳞片他总是刮不干净……我那段日子晚上老是喝酒，喝完酒后就躲在书房里上网聊天，要不就激情视频……有一天我听到小虎在门口轻轻地说，爸爸，我可以进来吗？我说进来吧。小虎就站在门口看着我，然后我听到他说，爸爸，我可以站你身边吗？我说站吧。小虎就站在我身边，用他的小手摸我头发。摸着摸着他说，爸爸，你能抱我一会儿吗？还没等我回答，小小的一团肉就钻进了我怀里……我就那么搂着他，他的双臂反钩住我脖颈，他的小脸磨蹭着我下巴……

十

我在李红家躺了好几天。据李红说，我是被一位热心肠的大妈发现的。她老听到一只狗拼命叫，叫得她心里直发毛,就从楼上下来观瞧。当她发现我时,我身体僵硬，左手紧紧揪着一只狗的尾巴。当我被送到医院,他们以为我死了。我脸上全是血,呼吸微弱。我像一只弯狗虾般在病床上静静地躺了两个小时。当李红赶到医院时我还没有完全苏醒。万幸的是我身体皮实，筋骨一点儿事都没有。除了我的眼睛有些浮肿，我简直比医生都健康。“你干吗非要揪住那只狗的尾巴呢?”李红强笑道,“不过，幸亏你揪住了它的尾巴，它才叫的。它要是不叫,你肯定被埋在雪底下冻死了。”

康捷和马文他们都来看望过我。康捷什么都没说，只是给了我一个厚厚的信封。他走后我拆开，里面是五千块钱。马文那几天正闹感冒,说话瓮声瓮气,他说所长去市里开会了,让他代表事务所来探望我,希望我早日康复。临走前他问我,有没有报警?我笑着说,我要是报警了,只会被打得更惨。他吐了吐舌头。他的舌头很长,能够伸到鼻尖。

几天后康捷叫我到他家去吃饭。他说有人送了他一条两米长的深海鱼。他招呼了几个哥们儿喝两杯。他没再提我被打的事。他什么都明白。当然,他也明白我什么都明白。我们不说只是因为我们都知道,即便我们说出来,也只是白说。那天晚上的客人无一例外地全是桃源县的大老板。我搞不清这种场合干吗让我来参加。不过还好,李浩宇也在那儿。见到我时他只是严肃地点点头,然后就站在那些老板旁边,神态自若地看他们打麻将。他对我的态度和前几天判若两人,我甚至怀疑那天跟我一块儿吃涮鱼,在桌上胡言乱语的人是否就是这个神情高傲的人。我有点儿失落。这种失落一直延续到他主动邀请我去阳台上抽烟。

他抽烟的动作还那样,只把烟从鼻孔里艰难吸进去,顷刻间又从嘴里吐出来。我们就并着肩望着窗外吸烟。开始谁都没说话。我不是个多嘴多舌的人。后来还是他打破了沉默。他拍了拍我肩膀,问道,你的伤全好了吧?我点点头。他又问,知道是谁干的吗?我朝他笑了笑。他也笑了。然后我们就继续望着黑暗的天空吸烟。

“你知道吗，有时候望着夜空，我会有种恐怖感。”

“哦？”

“世界上有很多这样的人。这是种病，叫宇宙恐惧症。宇宙恐惧症始于一种叫人产生幻觉和思维障碍的精神病。在人类刚开始探索太空的时候，飞船的成员少，而且不会跳跃，必须要进行长期的飞行。在这种极度压抑的环境中，某些人就会患上一种心理疾病，这种疾病就是宇宙恐惧症。”

“哦。”

“不过，后来这种病的范围又有些延伸。面对夜空、星星、宇宙时感到担惊受怕，甚至到了无法控制的地步，也叫宇宙恐惧症。”

“细菌也不是那么好当的。”

李浩宇半天才反应过来。他“嘿嘿”地笑了两声说：“你比我想象得聪明多了。”

那天晚上，晚宴很快就结束了。老板们晚上一般都比白天忙。李浩宇走得更早，我甚至都不知道他是何时离开的。最后房间里只剩下了我和康捷。康捷喝了点儿红酒，看来他的牙疼有所好转。我本来也想早早回李红家，可康捷说，他有件事要跟我商量一下。他说话的口气很郑重，仿佛真的有什么事。他把我叫到书房，把门反锁，又疑神疑鬼地检查了一遍窗户是否关闭严实，这才抻过一把椅子坐下，跷着二郎腿注视着我。我被他看得有些发毛。我说，什么事这么神秘？不会是你中了两亿彩票吧？他没点头，也没摇头。我就惊喜地问，真中了？中的话一定要给我买辆奥迪啊！

“不用我中彩票，过两天你也能买得起奥迪。”他望着我说，“有件好差事。你愿不愿干？愿意的话，三天后你就能拿着现金去买车了。不过，我想你不会买车的。你现在最想买的是房子。”

我的脑筋迅速转动着。什么事的酬劳能买得起一辆奥迪？

“其实也挺简单，你车开得怎么样？”

“我十六岁就开拖拉机，十七岁开三马子，十八岁开货车。大学社会实践时，我还开着一辆公共汽车绕着市里走了一天。”

“吹吧你。你知道迪拜吉美大酒店在哪儿吧？”

“你说的是阿联酋的那个，还是咱们县的那个？”

“你明天早晨能早起吗？”

“我整宿整宿地睡不着。我失眠足有半年了。”

“哦。那好办多了。”康捷深深吸了一口气，“明天早晨五点五十你准时下楼。你们家楼下会停着一辆没有车牌的崭新红色霸道。钥匙就在左前轱辘下面。你开上车去迪拜吉美大酒店，停在三号车位。你们家到酒店，最多用六分钟，所以六点钟的时候，你必须准时到迪拜吉美大酒店。六点零五分，会有两个男人上车。”

我盯着康捷的瞳孔。

“那两个男人你肯定不认识。你也没有必要认识。当然，也不会有别的人错上你的车。你不要在车上说任何话。你必须把自己当成一个哑巴。然后，你走下道，把这两个人送到市里的西客站。记住，千万别走高速。”

“就这么简单？”

“就这么简单。他们下车后，你把车开到西客站旁边的香格里拉酒店。把钥匙放在左前轱辘下面，就可以打车回家了。”

“然后呢？”

“然后明天下午，我会把三十万现金送到你手里。你来我家拿也成。”

我沉默了足足有五分钟。这五分钟里，康捷一句话没说。我们彼此凝望了一眼，然后迅速将目光投向别的地方。在那五分钟里，我想了不下十种可能，可是无论哪一种，归根结底都可以概括成一句话：这绝对不是一件光明正大的事。这个结论很蠢，但肯定是我得出的最正确的结论。

“我只是想帮你，”康捷终于说道，“你再这样萎靡下去，一辈子都不会站起来了。这件事没有任何风险，只要你按我说的办，你就能有笔小财。这笔小财能让你做点儿你真正想做的事。何乐而不为呢？”

我还是没吭声。

“如果你不想干也简单，就当没听过我这些话。我再找别人。说实话，如果不是看在我们多年交情的分儿上，我绝对不会找你。你该非常清楚这一点。”

我想抽支烟。可我摸遍全身也没找到。康捷就点了一支，递给我。他的手指碰到我的手指时，我不禁哆嗦了一下。这时康捷说：“好了，你回去睡吧。我刚才说的话，你只当是我放了一个屁。”

我猛地吸一口香烟，盯着康捷说：“康哥，你放心，明天的事包我身上。打架亲兄弟，上阵父子兵。”

康捷这才笑了笑。我第一次发现，他笑的时候嘴巴有点儿歪。

那天晚上回到李红家时，李红还没睡。不晓得她想什么了,她的眼圈有些发红。我什么都没问,只是把她搂在怀里,安静地躺了会儿。我们也什么都没做。

熄灯后我翻来覆去,怎么都睡不着,于是干脆蹑手蹑脚去了书房,把我的皮箱从沙发下拽出来。当我打开皮箱,那七根孔雀羽毛还在,在灯光的照耀下,它们显得色泽斑斓鬼魅妖艳。我躺在地板上,来回摆弄着其中的一根。这是最长的一根,上面的那只眼睛也最大。我把这根羽毛在灯下晃来晃去,晃着晃着我就看到小虎……李红何时走进书房的?我竟一点儿都没察觉。我甚至没察觉她轻柔地剥掉了我的内裤,软软覆到我身上。当我发觉自己有了反应时,我翻身将她压倒在地板上。我疯了似的进入着她,一声不吭。她起先还配合似的呻吟,后来就被我的粗暴弄烦了,想把我推下去。我咬着牙牢牢攥着她手腕,把她钉在坚硬的地板上。我看到那几根孔雀羽毛在她身底下随着我的动作前后左右轻盈地摆动。后来,我还听到她小声抽搭的声音。当那最后几秒钟如期来临,我们搂抱在一起。没有人肯说一句话。

十一

那天早晨我五点钟就穿好了衣服。李红和丁丁还在熟睡。我打开电脑看《海绵宝宝》,一直看到五点五十。这期间我有种强烈的冲动,想看看楼底下有没有人,有没有车。不过我的理智告诉我,知道得越少才越安全。五点五十我准时下楼。天黑漆漆的,只能看到白色的积雪映衬着暗影。我真的看到了一辆红色霸道。我安慰自己,一定要冷静,然后我把衣兜里的一把钥匙扔到地上,佯装捡钥匙时,顺势仔细地摸索着轮胎下面。下面真有一把钥匙,即便看不清,我也知道这肯定是把崭新的钥匙。打开车门坐上驾驶位时,我整个人突然松懈下来。我甚至有点儿神清气爽的感觉,仿佛我马上就要开着新车去旅行。是的,就是旅行前那种感觉。这种感觉一直伴随我到了迪拜吉美大酒店。

虽然停车场的灯没亮,我还是很轻易地就找到三号停车位。我看了看手机，是五点五十八分。也就是说，如果不出意外，还有七分钟，就会有两个男人从酒店门口走出来，坐上我的车。康捷曾一再叮嘱，不要和他们说话。这难不倒我，我向来是个沉默是金的人。我记得在那七分钟里，我打开手机，听了一首歌。那是首俄语歌，是个漂亮男人唱的。可是我没记住他的名字。我说过，我对超过三个字的外国名字总是记不好。不过我知道他的唱腔叫“海豚音”，我还知道有个叫张靓颖的中国歌手也会“海豚音”。那是首超长的歌，我一边听一边盯着我的手机。我从来没发觉一秒一秒地数时间，是这么熬人的事。当俄罗斯男人的“海豚音”响到第二遍时，酒店门口仍然一个人都没有，而这个时候，已经是六点零五分了。

我敢肯定，除了这次，长这么大我从来没有汗毛竖起来的时候。我之所以知道我的汗毛竖了起来，是我用手背擦脸上的汗时，本来纤细的汗毛扎疼了我。我只好又把那首《歌剧 2》重放一遍。我的眼睛眨也不眨地盯着酒店的那扇门。那是一扇透明、豪华的玻璃门。我能看见门上用金粉描了一条虬龙和一只凤凰。它们一动不动趴在玻璃门上，不知道什么时候会随着门的转动飞舞起来。当我发现已经是六点十分时，我的心脏突然狂跳起来。我有种不祥的预感:一定是哪里出了差错。如果不是哪里出了差错,一定是我的手机出了差错。这么想时,我有点儿恨起自己来。我嘴里不停地念叨着“稳住稳住稳住稳住稳住”,仿佛不是说给自己听,而是说给那两个我不认识的人听。

当桃源一中上早自习的学生骑着自行车从对面马路上驶过时,我又看了看手机,六点十五分。也就是说,那两个我从来没见过的蠢货,已经整整晚了十分钟。我觉得口干舌燥,我当时想,我怎么没拿瓶矿泉水呢?即便没拿矿泉水,拿瓶酒也不错。我突然想起了在康捷家被打碎的那瓶葡萄酒。想到葡萄酒时我的鼻子闻到了一股浓郁的香气,然后是满眼的红色液体在眼前缓慢流动……

我知道,我不能再待在车里了。我必须出去透透气。我从车里蹦了下去。车位与玻璃门的距离不超过十五米。这十五米我只走了八步。是的,只走了八步。我记得我一直在心里念叨着“一步,两步,三步……”当我从玻璃转门进去,大厅里一个服务员也没有。灯光倒是很亮,我猜服务员一定还在睡懒觉。我忍不住在偌大的前台大厅装模作样转了一圈。我从没来过这个酒店。我没想到这个酒店这么气派,墙壁上全是光着屁股的金发仙女。她们看上去就像是真人被挂在了墙壁上……那两个人就是我盯着油画时从电梯里走出来的。我当时确实吓了一跳。他们的头上蒙着黑色头套,看上去就像是香港警匪片里的银行抢劫犯。他们没有奔跑,他们只是轻快地、敏捷地行走,仿佛两个坐长途火车的人到终点站时,旅途中的焦急在迈下火车的刹那,终于被到了目的地这个事实缓冲得懈怠了。

我转身就跑。我有种预感,我等的就是这两个人。我必须在他们找到我的车前先坐到驾驶员位置。看来我的判断是准确的,我刚把车发动好,这两个戴黑色头套的人就钻了进来。我想也没想就将车蹿出十来米。这时,我听到其中一个压着嗓子说,慢点儿,路滑。我“嗯”了声,同时想通过后视镜仔细地看看他们。我当时特想知道他们长什么样儿。可是,车行驶了十来里地了,他们仍没舍得把头套摘下来。我不知道这是否影响到他们的呼吸,不但让他们的声音变形,也让他们显得格外紧张。

“我×!这是啥东西!”这人一口东北腔。

“妈的!你怎么把这玩意儿带出来了?”另一个也东北腔,只不过他的声音嫩些。

“这是啥玩意儿?”

“蜥蜴。非洲蜥蜴。你不知道啊？丁盛最喜欢这些玩意儿。不过蜥蜴是要冬眠的，跟熊瞎子一样。”

“那这只咋没冬眠呢？”

“如果世界上只有一只不冬眠的蜥蜴，那它肯定是丁盛的。”

“哦。可能是从他口袋里跑出来的。真他妈怪，哪有兜里揣着蜥蜴散步的？”

“这有啥啊。听说他家里还养了好几条黄金蟒蛇呢。”

“养那玩意儿，还不如多养几个老婆。”

“×，他老婆还少？五六个也有了！他那些孩子因为财产的事，打得不可开交。”

这是两个饶舌的东北人。后来，我承认，我一点儿听他们讲话的心思都没有。我的脑袋里只是来回旋转着两个字：“丁盛”。看样子他们是把丁盛给咋着了。这么想时，我的心跳得更快。我的车开得比我的心跳还快。我从没想到我能在积雪中把车开得如一头敏捷的麋鹿。

接下去简单多了。我把他们送到西客站时，还不到七点钟。我在雪天只用了四十分钟走了一百二十里路。我对我的速度很满意。唯一遗憾的就是，直到那两个东北人下车,我也没看清他们的模样。这一点儿都不重要。重要的是我把车安全地停在了香格里拉大酒店的停车场。当我呼着长气转身下车时,突然有个东西从我肩膀上蹿了出去。

那是一只蜥蜴。一只绿色蜥蜴。这是我第一次看到真的蜥蜴。它足有半臂长,趴在水泥地上,恐龙样的头颅上长着两只棕色的眼睛。它静静地瞪着我,仿佛随时听从我的吩咐。它在等我一起散步吗?那两个东北人干吗没把它带走?我忐忑不安地盯着它,俯身把钥匙放在轮胎下。当我打上出租车时,它还以最初的姿势卧在那里。我不时扭过头,透过车窗回望着它。我相信用不了多久,这只没有冬眠的蜥蜴就要被冻死了。

到桃源县城时,太阳已经完全出来了。李红见到我时有些不满,也许昨天晚上我确实把她弄疼了。她大声地询问我大清早的跑哪儿去了,连个招呼都不打。我朝她笑了笑。她就说,别自作多情了,你笑起来挺丑的,鼻子那么尖,还长着副兜齿。

我就说,我知道。他们都说我像俄罗斯人。他们都说我长得像普京。

十二

丁盛的事,当天下午就传遍了全县城。每个人都知道他在迪拜吉美大酒店跟情人过夜,晨起散步时被人注射了氰化钾。每天凌晨六点零五分散步是丁盛雷打不动的习惯,只不过,今后他再也不能带着他的蜥蜴或蟒蛇去散步了。

当天桃源县百度贴吧里关于丁盛和关于氰化钾的帖子铺天盖地。甚至凤凰网上也有了相关新闻,题目叫“亿万富翁酒店偷情,怎奈横尸酒店走廊”。我没去康捷家,他直接把三十万现金送到了李红家。他说,没把钱直接打到我的银行账户,是怕有人怀疑。这些现金也不是一次性提出来的。“你现在不能把这些钱存到银行,”他说,“近期内你也不能花这些钱。这是为了你好。”其实他的潜台词是,为了他好,我决计不能出半点儿娄子。

我说我知道。

他没多问别的,他也没多说别的。他不用说别的我也知道我该怎么做。我一直都比他聪明,只是我运气不好。我把这些钱全藏进我的破皮箱。后来我坐在皮箱上,想着我的屁股底下坐着三十万块钱,真是爽透了。我闭上眼睛,感觉像是坐在飞机上,正朝着无比美妙的地方飞去。那是什么地方?我不知道,也不想知道。我只知道有了这些钱,就能买一处两室一厅一卫的房子。房子不够大,但足够我和小虎住,当然如果李红愿意,也可以和丁丁搬过去。我讨厌丁丁,可她毕竟是个孩子。我一个大老爷们儿怎能和一个孩子计较?我坐在皮箱上不停吸烟,又泡了杯速溶咖啡慢慢喝。喝咖啡时我又把今天早晨的事从头到尾审视了一遍。我没发觉我有任何差池。可以这么说,我的每一步都做得非常完美。我甚至很佩服自己在车里听了两遍《歌剧 2》。

那一整天,我都处于一种莫名的亢奋状态。我不停地吃东西,不停地刷新桃源贴吧的帖子,看网民们热烈到近乎疯狂的讨论。他们讨论的焦点主要集中在两点:一是谁胆子这么大,干掉了丁盛;二是在迪拜吉美大酒店跟丁盛过夜的女人是谁?当然其他方面的帖子也很热闹，比如有人问，丁盛到底有几个老婆，有几个孩子？这个问题很快得到了解答。有人说，丁盛跟原配并没有离婚，他们有一个儿子，在县里的某事业单位上班，这个儿子和丁盛的关系很紧张。另外丁盛还有四个小老婆，这四个小老婆给他生了三个女儿和两个儿子，其中一个儿子二十一岁，一个儿子刚过十四岁生日。后面的跟帖形形色色吐沫乱飞。有人刚佩服一个男人能娶这么多老婆，立马就有人回帖说，丁盛每天都固定吃两个猪腰子，都是从"大老黑熟食店"买的。接下去，又有江湖术士开始卖一种价格便宜、功能非凡的春药，他保证这种春药吃了之后，一晚能御三女……

到了晚上，到底谁跟丁盛在酒店过夜的帖子突然点击量暴涨，很快突破了二十万。我漫不经心地一页一页浏览。在倒数第六页，一个貌似知情者的家伙斩钉截铁地说，那个女人就是桃源县最牛的女人，叫曹书娟。她开一辆红色宝马，以前从事钢锹进出口贸易，现在跟丁盛联手搞房地产开发。发帖人还贴了一张不晓得从哪里弄来的曹书娟的照片，不过很快就被吧主删除了。

说实话，看到"曹书娟"这三个字，我的头"嗡"的一下就大了。那天康捷跟我说，曹书娟跟丁盛关系很密切，我只是一个耳朵进一个耳朵出。没想到是真的。她怎么跟丁盛勾搭上的呢？不过我很快就释怀了。像她那样的女人，做出什么惊天动地的事都有可能。如果哪一天她跑到美国当了美国历史上第一任女总统，我也丝毫不必觉得惊讶。看来那天在她家楼下收拾我的，没准就是丁盛手下。想想那天的情形，又想想曹书娟，我的咖啡就喝不下去了。

吃完晚饭后我跟李红商量，要不要出去旅游一下？李红说，冰天雪地的，去哪儿旅游啊？我说去海南啊，我们去海边游泳、晒太阳、潜水、吃龙虾、喝椰奶。我请你们娘儿俩，飞机票和来回费用我全包了。李红笑着说，得了吧宗建明，你发横财了啊？听到这句话时我不禁沉默了。我很后悔刚才说的话。于是我说，我没发横财，我也没有多少钱，但是我们在一块儿半年了，我们还从来没有三个人一起去旅行呢。我认为我和丁丁的关系有可能在旅途中有所改善。李红沉默不语，只是用她的手指蹭着我的手背。后来她说："这样吧，我们别去海南了，我们去哈尔滨。现在正是看冰灯的好时节，而且我老姨他们全家就在哈尔滨，吃住不用花钱，我也有五六年没见到他们了，说实在的，还真是挺想他们呢。”

我们就一本正经地谋划去哈尔滨的行程。我们把日子定在后天。李红说，有几个重要的顾客要做定期保养，现在打电话通知人家太晚了。我说好吧，哪一天都无所谓。

第二天上午我回了趟老家，看了看我爸我妈。下午，胖子马文来电话，说让我赶快到单位去一趟，有几个警察找我，说要了解些情况。我说好吧，我马上就到。我干吗答应得那么爽快？不过我倒真的很镇定。我先给康捷打了一个电话。康捷说，我×，你做什么坏事了啊？是不是找小姐没给钱？我说，谁知道呢？真是莫名其妙。康捷说，你什么都没做，所以你什么都别乱说。去就去嘛，有什么好怕的？我又问他，需不需要找个律师？他果断地说，找个屁啊，他们问你什么，你就如实回答什么，警察不会冤枉好人的。要相信政府嘛！

我突然明白过来是怎么回事，他肯定是怕我的手机被人监听了。我冷静地说，是啊，我这就去，你在哪儿？要不开车送我到单位？康捷说，你要是不怕晚就等着我送你吧，我正在北京的三里屯酒吧跟人喝酒。

警察的态度倒和善。他们把我带到了讯问室。开始只是问些年龄籍贯之类的问题。后来就问我，昨天早晨几点起床？起床后干了什么？我想了想说，我昨天起得很早，这段时间我老是失眠。至于几点钟倒记不清了。起床后我到文体中心跑步来着。

“你确定你去跑步了吗？”一个满脸长着麻子的警察问。

“当然，”我说，“我喜欢跑步，跑步让我觉得舒服。”

“有人看到你跑步了吗？”麻子脸继续问。

“我怎么知道啊？”我说，“黑灯瞎火的，谁也看不清谁。”

“跑完步后，你跟谁去的迪拜吉美大酒店？”麻子脸问。

我说我从来没去过迪拜吉美大酒店，那是有钱人才去的地方。像我这种小职员，一个月工资不到两千块，哪里有福去那儿享受？

麻子脸笑了笑，说：“那你过来下，看看这个人是谁？”

说实话，当时我确实蒙了一下。在电脑里我看到了一段视频。像我这么聪明的人，怎么会想不到前厅安装了摄像头呢？麻子脸把这段视频反复放了三遍。我看到自己在前厅里溜达了一圈，貌似专注地睃着墙壁上的油画。当电梯门打开，两个戴黑色头套的人不紧不慢地走出来时，我突然转身撒丫子就跑。我第一次看到我自己跑步的姿势。

“这个人不是你，还会是谁呢？”麻子脸突然暴喝道，“老实交代！这两个人是谁？他们去哪儿了？”

我没吭声。我当时想我必须一口咬定，那个人并不是我。摄像头拍摄的画面有些模糊，只能看到我穿了一件黑色夹克和一条蓝色牛仔裤。画面里甚至没有我的眼睛，只有一个翘起的下巴。而那件黑色夹克和那条蓝牛仔裤，我上午去看我爸我妈时，早顺手扔到途中的一个垃圾处理厂。我也不怕他们搜李红家。那三十万现金被我藏到了连上帝都找不到的地方。

“确实不是我，”我说，“我难道连我自己都不认识吗？”

“嘴硬是吧？”麻子脸冷笑着说，“不过，你的鸭子嘴早晚会被煮熟的。小李，去把曹书娟带过来。”

这是我这辈子最后一次见到曹书娟。我没想到他们让曹书娟指证我。我更没想到是曹书娟在观看录像时脱口而出喊出了我的名字。她穿着件呢子套裙，粉红色的。也许她有点儿冷，我感觉到她似乎在不停地哆嗦。看到我时她朝我点了点头。她在朝我打招呼吗？出于礼貌，我也朝她点了点头。我就是朝她点头时，突然想起了多年前我们一起钻地洞的情形……在地洞里用火柴将油毡点亮时，我仿佛来到了另外一个世界。这个世界没有风声，没有人声，甚至连我们的呼吸声都没有。我跟曹书娟在洞边站了足有两分钟。在这两分钟里我什么都没想，什么都没做，就这样在油毡忽明忽暗的光亮下，凝望着蛇一样蜿蜒扭动的黑暗幽洞。

十三

在看守所那几天。我整宿整宿地睡不着。我知道他们在另外一个房间里日夜观察我，我不能辗转反侧,不能表现出焦虑不安的神情。所以我总是朝左侧躺着。时间长了,等心脏被压得麻痹,我才装作不经意的样子打着鼾朝右侧躺。做这些根本没费多大事。无论朝着哪个方向躺着,我心里想的只有一个人,那就是小虎。我自己也很奇怪我为什么没有殚精竭虑地思考些真正实际的问题,比如第二天他们可能会问哪些问题,我该如何不动声色地回答,并回答得滴水不漏。我已经承认了那个摄像头拍到的人是我。我是这么解释的:跑完步后,我沿着主街溜达,到了迪拜吉美大酒店时,出于好奇,我顺便到里面参观了一圈。没有任何法律条文或地方法规规定,住不起酒店的人就不能参观酒店吧？当我看到那两个戴头套的人从电梯里走出来时,出于本能的恐惧,我转身跑出了酒店。就这么回事。只能是这么回事。任何一个正常人看到如此装束的人都会这么做。至于为何开始不承认那个人是我,原因就更简单了,哪个无辜的人面对警察的严厉审问时,不会下意识地撒点儿小谎,从而保护自己呢?

他们从市里请了很多审讯专家。可我只是坚持我的说法。我清楚该如何对付他们。这期间李红看了我一次。她好像找了人,带进来不少好吃的。她说她和丁丁很想我,她说她已经从北京请了一个最好的律师,用不了多长时间,我们就可以团聚了。她说等我从里面出来,我们一定去趟海南。哈尔滨等明年再去吧,她现在最想做的一件事,就是穿着比基尼和我在三亚游泳,躺在沙滩上晒太阳。她还说了什么?哦,她说,她在我的书桌上看到了孔雀羽毛,随手就给了丁丁。丁丁非常喜欢。"你不会生气吧?"她笑着问,"其实我一直想知道,那几根破羽毛里到底有什么秘密,让你当成了宝贝疙瘩?"她笑的时候,我在她眼里看到了泪花。

我说,这些破羽毛狗屁秘密没有。我早忘了是谁送我的了。要不就是我自己逛动物园时花钱买的?谁知道呢。况且,有些秘密,除了它是秘密外,什么也不是。

对我的回答李红很不满意。不过她还是摸了摸我下巴,说,别怕,普京先生,我保证会把你弄出来。说这些时她像个做祷告的修女。本来我想跟她说件事。我想告诉她,她晨起化妆前,完全可以先把热水烧上,再去描眉,这种方法叫统筹,初中就学过,能省不少时间。可惜时间到了。警察已催促了两次。她起身朝我摆摆手,转身走了。她走得很匆忙,连头都没回。她的黑色羊绒大衣的腰带掉下一头,一直垂到地面,当她走路时,一下一下磕着她的鞋后跟。

康捷一次也没来过。没来他就对了。他很少做错误的决定。不过让我吃惊的是,李浩宇探望了我一次。开始,我们就面对面地看着,谁都没说话。其实我当时特别想听他高谈阔论一番,说说宇宙恐惧症,说说银河系,说说恒星和行星,说说他的“细菌理论”。他为什么舍不得说话呢?他待的时间很短。只有临走时才说了两句话。第一句话一点儿都不符合他的说话方式,我一时半会儿也没忘。他嘀咕着说:“宗建明,祝你好运。”当“好运”两个字从他嘴里蹦出来时,他的眼泪忽然大滴大滴滚下来。他的样子让我很讶异,所以当他的第二句说出时,我有点儿神情恍惚。我听到他哽咽着说:“细菌没了道德底线,细菌的儿子为什么还要道德底线？”

他的样子不但让我讶异，肯定也让那两个警察讶异。他走后，我听到一个警察说：“真奇怪，他干吗要来看嫌疑犯？有病啊？”

另外一个说：“是啊。让人闹不明白。不过听人说，这孩子一向行事古怪。上大学时跟他爸吵架，还割过手腕呢。差点儿就死在医院里。”

一个说：“不过，看样子，他跟他爸并不像传说中的那样，没一点儿感情。他刚才哭了呢。他是哭了吧？”

另外一个说：“再怎么说他也是丁盛的大儿子嘛。父子心连心，打断鸡巴连着筋。”

一个说：“听说，他把公职给辞了。丁盛的所有公司都交给他管理了。”

另外一个说：“人家那个班，也只不过是幌子嘛。有钱人干什么都会有钱的。不过，这小子也算是因祸得福。”

他们的对话我全都听到了。他们的对话让我那天上午一直郁郁寡欢。李浩宇是丁盛的儿子？打死我都不信。他为什么姓李而不是姓丁呢？这个问题一直纠缠着我，让我的头裂开了一样疼。中午吃饭，我本想问问那两个警察到底是怎么回事，可话到嘴边又咽下去。他们怎么可能会告诉我呢?那天中午的饭是一个馒头一碗白菜汤。我先喝了一口白菜汤,咸得要死,我立刻就吐了。看来我只好干吃馒头了。可馒头碱大火也大,黄黄的像泡狗屎。看守所为什么不找个手艺好点儿的厨师?我一边琢磨一边把馒头掰成碎碎的一小块一小块,顺手扔到脚边。脚底下的蚂蚁就慢慢围了上来。它们那么小,那么黑,让我不禁皱了皱眉头。我想伸出手指捻死它们,可是手还在半空,我的眼泪就落了下来。一滴眼泪在蚂蚁看来,或许就是一个湖泊吧?

中午的阳光透过铁栏杆射进来,在肮脏的地板上打着形状不一的亮格子,不计其数的灰尘在光柱里安静地跳舞。那一刻,我谁都没想,我谁都想不起来了。我只知道,阳光躺在眼皮上,太他妈舒服了。

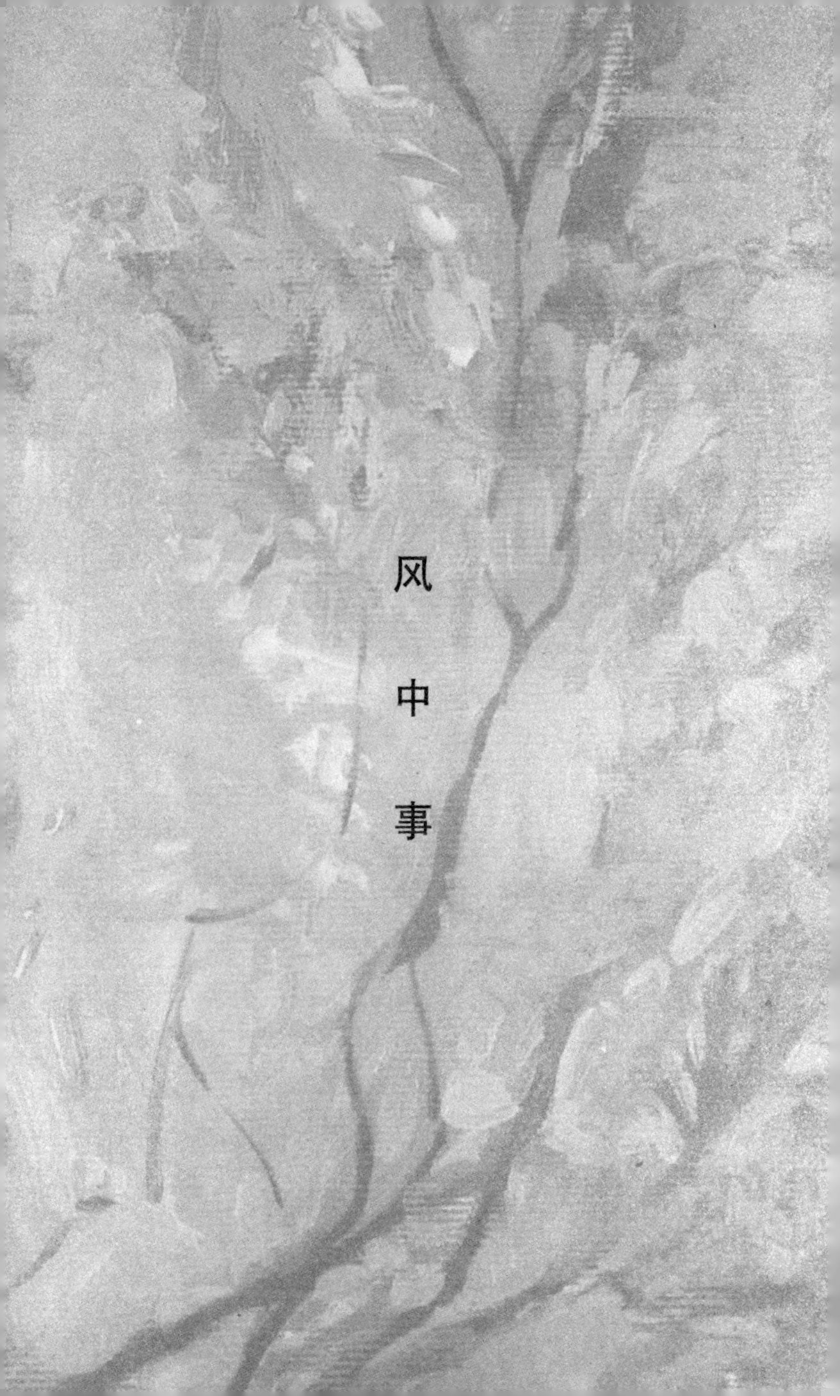

风中事

风来了

关鹏在超市里买蜡烛、矿泉水、酸奶和面包。新闻里说台风“小仙妮亚”即将登陆。对于这座滨海城市而言，台风意味着全城停水断电、万分之零点零三的死亡率、短暂的道路堵塞和名正言顺的休班。对关鹏来讲，停电造成的黑暗、停水造成的暂时性饥渴都不是问题，昏天黑地的睡眠也不会让他得阿尔茨海默症。他的担忧说起来颇为可笑：美少女战士王美琳会不会手持断钢剑穿越暴风雨来找他？

他以前不怕王美琳，他以前最怕在楼梯口听到老男人响亮的咳嗽声。那肯定是父亲和母亲大驾光临了。去年，他们动辄克格勃般现身，既不事先打电话，也拒绝配钥匙。对于他们的来访，关鹏开始抱着无所谓的态度。如果没猜错，他们不是给他介绍女友，就是突击检查他的私人生活。不过，女友一概离谱儿，托的全是八竿子打不着的三亲六故。有次叔伯姑奶给他介绍了东港渔村搞水产养殖的姑娘（姑娘边和他聊天，边抓起池子里的海鳗装箱。当她闪电般攫攥住窄扁的鳗鱼头时，他冷不丁打个寒战，下体莫名疼起来）。还有回，远房姨姥的姑爷给他介绍了名擅长顶碗的杂技演员，头次见面她就忍不住表演了“柔术”，头从胯间猛然探出，倒立的金鱼眼紧瞪着他……

后来对他们安排的相亲渐生腻烦，却又不便捅破。父亲肺叶里埋藏着无数吨金属氢炸药，这个曾经的炮兵营长最窃喜别人将导火索点着，然后将他人和自己炸得粉身碎骨。他怀疑父亲骨子里有浓烈的英雄主义情结，只有牺牲才是最浪漫庄重的誓言。母亲就更不能得罪。这位在特殊教育学校教了半辈子聋哑儿童、智障儿童和脑瘫儿童的迟暮美人天生一颗玻璃心，五十多岁了还动辄哀暮春伤晚秋的。也许，看过太多肉体上的残缺，总让她习惯看别人的戏，流自己的泪。

还好，他们最近极少来访。兴许是母亲的玻璃心反射到了他稍显冷漠的眼神？兴许是父亲担心自己的火药桶被儿子走火引燃？说到底，他仍是他们最嫩的那块心头肉，襁褓里喝奶的屎尿娇婴。有段时日母亲婉命他每晚与她视频，汇报饮食起居吃喝拉撒，他就频繁跟同事换班夜夜巡逻，裹着大衣在昏黄路灯下压嗓跟她聊两句，不是跟踪连环杀人疑犯就是追踪盗窃犯。母亲泪水涟涟下线，估计是去吃速效救心丸了。儿女与父母鏖战时总有种冷酷的本能，套路无论新或旧，手段无论刚或柔，终归是旗开得胜的一方。

王美琳就没那么好对付。关鹏觉得遇到王美琳，既脱离了经验主义，也脱离了对称逻辑。

这女孩是在夜店认识的。喝了几杯加冰的假芝华士后，两人开车去了海边。虽是初夏，人已密如蝌蚪。她的手指摸上去如单腿蛏般细小软滑。这是关鹏憧憬了许久的时刻：跟女孩光脚在沙滩上漫步，风吹着他的白衬衣和她的碎花短裙，而海面上由远及近的豪华游轮上，正举办着维塔斯的演唱会。在阉伶般空妙绝伦的歌声中他缓缓揽她入怀……那晚没有豪华游轮也没有维塔斯的演唱会，却有架闪着尾灯的庞大客机从海上由东向西急速飞过。他低头吻她，女孩的舌尖冰激凌般凉甜，他感觉自己的整个肉身都被那小小舌尖吮吸着一寸寸融掉，最后单剩下随海风消逝的灵魂。是的，他想到了“灵魂”这个古老的词语。他们在海边的旅馆开了房。事毕，当他瞥到白色床单上的血迹时,禁不住愣住。

说实话他有些许慌乱。这样的邂逅,或许只能是邂逅而已,他素来不抱什么奢望。可那抹血迹让他隐隐厌恶起自己。后来他们躺在阳台上的藤椅上,吹着咸风,凝望着黑暗中咆哮的野兽。女孩轻声细语地说,她读大学二年级,学的中文,不过最爱的是唱歌。她大部分业余时间都用来参加各种声乐培训,如果哪天去参加《中国好声音》,她肯定得冠军。“你什么职业?”女孩狸猫般蹿坐到他腿上，掐着他脸颊傻笑,“贼眉鼠眼,不会是毒贩吧？”他告诉她,他不是毒贩,是人贩,天亮了就把她拐卖给深山茂林里的老光棍儿。女孩“咯咯”笑,顺手将他内裤扒扯下,稳稳坐了上去。这样,波涛声中他们忍不住又做了。当他手扶阳台上的银白栏杆抽烟时，霞光已由绵黑叠云层峦爆射而出,海面上游动着一群又一群黄金铸造的鱼。这让他有种错觉,他的好时光恐怕要来临了。

这个叫王美琳的女孩犹如肥美腥嫩的牡蛎,委实让他贪恋……王美琳是白羊座,天生冒傻气,喜欢零食甜点,不过也吃不胖。她老黏着他去各大夜店喝鲜啤。他还从未遇到过如此喜欢喝酒的女孩,似乎她瘦弱的身躯就是看不见的下水道,可以无限量排放各种酒精度各种麦芽糖度的液体。她还烟不离手。他曾忧心忡忡地盘算,由酒精和尼古丁供养的身体,会生育出什么品种的婴孩?

当然这些都是小事。他受不了的是她的脾气。正值夜班,王美琳打电话,吩咐他去哈根达斯买冰激凌。每年夏季单位最是忙碌,上面的官员都来这里度假,如果级别高些,他和同事们得整宿整宿在大街上巡逻。那天王美琳说,如果他买不到冰激凌,以后就别来找她。他只得跟领导撒谎说,犯了结肠炎,要去医院打点滴……两个人去看电影,王美琳想吃爆米花。他说爆米花是垃圾食品,除了香精就是色素。王美琳噘着嘴让服务员拎了六桶,尽数倒在脚边,边倒边踩,边踩边扯着细嗓喊:愣着干吗?付款啊!他久久盯着王美琳,恍然明白件事:王美琳大概是将他当作了她的父亲。

明白了此事,一切豁然:这绝对不是未来孩子的母亲。他需要一个跟他睡觉生孩子、跟他打游戏会亲朋、跟他泡酒吧去西藏旅行的女人,但绝不需要一个将来内裤袜子要他洗、孩子要他喂、饭要他煮、屁股要他擦,稍不留神还可能给他戴顶绿帽子的女人。

想通了,心就散了,电话也懒得打,王美琳打电话也不接。一来二去王美琳也察觉到他有些异样，便常跑宿舍腻歪，找也就找了，见也就见了，睡也就睡了，可曾让他融化的舌尖再不是甜凉的舌尖，那个被海风卷走的灵魂重又栖居进他的肉身。他想嘎嘣脆地结束这段关系，可始终找不到适宜的借口。他这才猛然发觉，若想摆平一件事，无论好事还是坏事，都需要冠冕堂皇的理由。当这理由还未灵光闪现，只能蟾蜍般被温水继续熬煮。

那日从超市出来，乌云盖顶。他想打出租，等了半晌也未等到，只得怏怏步行。雨点很快噼里啪啦拍到身上，狂风中他如稻草人般被鞭打撕扯，身体险被拉扯进闪电。好歹踉踉跄跄跑回单位宿舍，浑身已精湿。他掸掸头发慢慢悠悠往楼上走。当意识到门前缩着团黑影时，心咯噔下沉下去。看来王美琳还是来了。

"你终于回来了！"那团半蹲的黑影陡然站起，"你他妈终于回来了！兔崽子！"

不是王美琳，是个男人。这男人声音如此熟稔。他揉揉眼眶，这才发现顾长风正三步并作两步地朝自己走来。

"我×！你咋来了？"关鹏吐了吐舌头，"你……"

"是'小仙妮亚'把我吹来的。"顾长风嘿嘿笑着拽了拽身后，昏暗光线下还站着个小女孩。“快叫叔叔！”顾长风摸摸孩子的头顶说，“你关叔是老爸最好的哥们儿！”那个长着双虾米眼的小女孩怯怯地说：“叔叔好。”

关鹏皱着眉头问：“怎么不提前打电话？”

顾长风搔搔头说：“电话欠费了。”

关鹏边开门边说：“欠费了就交啊。”

顾长风半晌才磕磕巴巴地说：“我最后的……积蓄，都用来……买……买火车票了。”

好基友的碎碎念

顾长风跟他有段时日未曾联络，或者说，顾长风二婚后，就从关鹏的生活中彻底消失。这是意料中的事。顾长风第一次结婚时也如此。他那个在小学当语文老师的妻子其实还算明事理，可顾长风就是那种人：一旦黏上女人，哥们儿就犹如洗澡时掉下的毛发，全被冲进下水道。关鹏回老家时招他喝酒，他不出来；招他唱歌，他不出来；招他足疗，他不出来；招他打篮球，他不出来；招他打麻将，他不出来。这个叫顾长风的人总会有理由搪塞：譬如在给老婆炖草鸡汤，譬如要给怀孕的老婆洗澡，譬如要给丈人家抢购盘锦大米……有次他甚至信誓旦旦地说，吃海鲜喝啤酒过度，得了痛风，尿酸高骨头肿，走路一瘸一拐，出门甚是不便。然后在超市，关鹏碰到了挽着孕妇胳膊买凤梨酥的顾长风。这鸟人不是尿酸高，而是脑子里灌了硫酸。

对这个见了女人骨头就酥软的发小，关鹏只能跟哥们儿喝酒时恨恨损上两句，最末总要咬着牙根说，早晚有一天他死女人手里。死了我也不送葬！你们给我记着！

其实顾长风跟第一任老婆离婚没多久，就闪婚了。第二任妻子是县药监局的临时工，没有编制，工资比顾长风高不了多少。论起长相，也只是个女人而已。关鹏一直不明白顾长风看上了她哪点。按照关鹏想法，顾长风该从第一次短暂的婚姻中吸取教训，而不是急着再婚。婚姻不是儿戏，哪能这厢旧人尚在檐下泣，那厢新人就在洞房笑？后来听同学说，这老姑娘家世不错，父亲是建筑商，身家千万。思忖一番，顾长风想得也没错，娶个浑身镶嵌着金边的老姑娘，也算良缘。可他实在想不明白，顾长风为何来找他？不光自己来了，还带着跟前妻的孩子豆豆。

“我实在受不了她，”顾长风啃着面包嚷道，“我要跟她离婚！”

“疯了吧你？”关鹏觑他一眼，“孩子才一周岁，哺乳期，法院不会受理的。”

“不同意我也离！”顾长风把面包掰碎了塞豆豆嘴里，“如果再跟她过，生不如死。”

"你第一次离婚时,也这么说。"

"是吗?"顾长风伸出食指蘸起餐桌上的面包渣儿,"我的命怎么这么苦?"

"苦就是福呀!"

顾长风说:"你还有心情笑?有没有点儿人性?"

关鹏说:"我的人性早被你泯灭了。"

顾长风哼了声说:"我没吃饱。"

关鹏说:"豆豆吃饱就行了。"

顾长风说:"你他妈一点儿都不关心我。"

关鹏说:"我又不是你爸爸。"

顾长风不说话,趴餐桌上默默流泪。女儿豆豆用小手帮他擦眼眶。

关鹏说:"这么没出息!做不成小鲜肉,就做老腊肉。"

顾长风哭声更大。关鹏说:"说吧,到底怎么了?我最喜欢给别人伤口上撒盐了。"

窗外台风降临,枝丫脆响。顾长风断断续续地讲,关鹏有一搭没一搭地听。在他看来,顾长风是个对自己极为不负责的人,或者说,是个完全没有看清自己本质的人。男人到这年岁,对自己还缺乏唯物主义的判断,生活偏离轨道也正常。顾长风说,他没想到第二个老婆是个好吃懒做的女人。婚后没多久就看清了他的家底，积蓄不过四五万块钱，若不是公婆帮扶日子也难将就，就怂恿他将那辆帕萨特卖了。这车是他头婚时父亲送的礼物，只卖了十万块钱，转卖给了谁？她舅舅。不满一载，卖车的钱就全花光了。怎么花的？说不清，反正想买啥就买啥，想吃啥就吃啥，想去哪里就去哪里。本来还幻想着岳父岳母可能会周济布施——有钱人手指尖稀稀拉拉流下的金粉也能抵普通人家一辈子的家底，可事情完全不是这样，岳父痛惜地说，他的家当全押在开发区的娱乐城上了，娱乐城一日不竣工营业，他就一日不能翻身做主人。

孩子两个月时闹肺炎住院，顾长风身无分文，又不好意思朝爹妈开口，只得伸手跟老婆讨要。老婆泪眼婆娑地说，你去跟我爸借吧。岳父借给他两千块钱，孩子住院花一千，剩下那一千，他还给岳父，岳父推辞一番就揣裤兜里了。孩子周岁生日时，他母亲给了孩子两千块钱，老婆回家后耍闹一番，说哪里有这么抠的奶奶，孙子过生日只给这俩子儿！平时可只拉扯豆豆，没抱过几次孙子！家里准备好了饭菜，老婆也没吃，抱孩子回了娘家，临关门前撇着嘴说：我妈知道外甥过生日，买了百十块钱的上好野猪排呢！如此这般奇葩种种，真是三日三夜道不尽。

不久两人又生龃龉，老婆指着他说，你呀你，就是个绣花枕头！就是个驴粪蛋！顾长风最听不得人喊他绣花枕头，最听不得别人喊他驴粪蛋。就说，我们干脆离婚吧，你找你的高富帅，我找我的黑木耳。老婆冷笑三声，开始协议离婚，孩子归她，不过顾长风每月要给孩子九百块抚养费。顾长风硬咬着槽牙应了。要知道，他是电力局的临时工，月薪不过两千。不承想日后老婆又反悔，抚养费涨到一千五。他总不能去喝西北风吧？离婚之事就僵到此。母亲素来心律不齐，往前被第一任儿媳折磨得披头散发，如今又被第二任儿媳折磨得眼泡肿胀，干脆搬进医院。顾长风意乱心烦，想到关鹏，于是跟单位请了长假，带豆豆来散心。

关鹏问："你是不是真铁了心？别他妈住两宿拍屁股走人，回头破镜重圆，搂着你老婆往我身上泼脏水。"

顾长风说："我再不离婚，早晚被她吸得骨髓都不剩。再说，我是出卖哥们儿的人吗？"

关鹏只得说："那先住我这儿吧。不敢保证你嘬香喝辣，可也不至于吃糠咽菜。"

落水狗

"小仙妮亚"并未在此久留,翌日就撤了。关鹏带顾长风和豆豆吃了早餐，又塞给顾长风三百块钱,让他带孩子四处逛逛。这季节,此城最美艳。一座城若依附了海,犹如美人眉心又点了颗朱砂痣,绿海金沙,白鸥快帆,虽比不得马尔代夫、巴厘岛,也被诗人们谓之"太平洋的最后一滴眼泪"。当初关鹏没回廊坊而是报考此处的公务员,跟这海也不无干系。他自小生在平原，十八岁之前没见过山没见过海也没坐过绿皮火车。在他印象中,世界就是浑圆寡静的地平线,线上缀着灰色城郭与枯寡杨柳。头次看到大海时他扒个精光在海水中一路狗刨,几乎游到警戒线。他恍惚是重回到母亲的子宫,在温热漆黑的羊水中游弋。世界那么静,上帝尚未赐予他双耳。

等正式工作,对海的情感则斑驳起来。六七月,大量游客涌入，这座城一改往日肃穆，变成了童话里的城堡。游客脸上俱戴着“笑面人”面具，贩卖海螺草帽泳衣花伞的本地渔民，眼角深匿的狡黠也褪去商人本色，变得如初诞的匹诺曹般天真。盯着京津冀黑吉辽，以及俄罗斯白俄罗斯哈萨克斯坦甚至车臣的美女们箍泳装在沙滩上散步日浴，还真养眼惬适。不过，若是来了“领导”，无论重要的还是不重要的，正的还是副的，退休的还是没退休的，只要是“上面”的，他们这些小警察日子就不好过。各种繁文缛节姑且不论，单是连他这种办公室文职人员也要深夜巡逻就让人委实吃不消。而这个夏天，除了如癞皮狗般生冷不忌棍棒不惧，他还要接待来自远方的落魄故人，若只是如此也罢，偏偏还要时刻担忧那个叫王美琳的女孩。

王美琳即便再没有心肺，也肯定明了关鹏如今的心思。所谓不冷不热，无非是分手的前奏。要是换了旁的女孩，分也就分了，反正关鹏这般的男人一抓一大把。关键在于，王美琳似乎真对关鹏动了心，这是关鹏最头疼的问题。以往处对象都是好聚好散，成年人嘛，做不成情人做朋友，做不成朋友，无非老死不相往来，此城虽小，可要想无故邂逅，还真是沙漠里寻粒做了标记的沙。但王美琳身上有股子凌蛮之气，似乎她若不想分手，关鹏就永远是她掌心里的痣，是她耳垂上的瘤。关鹏不想做那颗痣，不想做那个瘤，他只想找个合意的姑娘，早日把婚结了。

以前倒不急，反正刚毕业，涩果一枚，无论领导还是家人，都劝他以业务为重。如此几年，单位介绍对象的骤然多起来，红娘大多是同事，就不忍拂人脸面，靠谱不靠谱的一概会会，大不了找个借口撤了，人家也不会介怀。碰到有眼缘的，吃吃美食逛逛大街，看看电影泡泡酒吧，合意的日子上上床，处上段时日，脾气秉性要是不合，一拍两散。掐指算算，关鹏见过面的大抵也有三十位女孩。

其实最急的，还数老炮兵营长和老林黛玉。县城里跟关鹏同龄的，孩子都会打酱油了，即便关鹏待在三线城市，二十七八也是个坎儿。关鹏也有些急。晚结不如早结，孩子早拉扯早省心。可这些年过去，碰来碰去，还真没碰到命中注定的那位结朱陈之好。他素来是个经验主义者，对"谈恋爱"曾做过细致分析，除了自己的择偶标准，他认为至今未婚的关键性因素还是外在的，用列宁同志的话来说，就是事物的性质主要是由取得支配地位的矛盾的主要方面所决定的。

这座城市的坐地户，都想找坐地户，理由也简单，你个外来人，根不深叶不茂，如何能有好前程？若说这城是张网，那么关鹏连只花腿蛛幼卵都算不得。女儿家有点儿姿色的，首选是私企外企国企的年轻高管，关鹏这样的小公务员，如今连灰色收入也被掐根断茎，日后如何过安逸日子？即便是坐地户愿意找关鹏这样的，不是没正经工作就是长相差强人意，关鹏也瞧不上眼。而那些外地来的女人，长得好家境也好的，首选也是当地男人。关鹏倒不在乎对方仙居何处，只想找个有点儿文艺气质的姑娘。他想，一定要找个结了婚就再也不会离婚的女人，然后像老炮兵营长和老林黛玉那样过烟熏火燎的日子。而王美琳呢，年少未定性，等她毕业，谁晓得在哪里落脚？谁晓得到时会否另栖高枝？她是西安人，极有可能毕业后回十六朝古都。他总不能把工作辞了去做倒插门女婿吧？如此细思，关鹏心气更凉。

这天突击检查工作的是省厅，作为办公室负责采购的人员，关鹏要订招待水果，还要去酒店订餐。正在这里筹谋，手机急躁地爆响起来。

“我想跟你好好聊聊，”王美琳说，“我下午没课。”

“忙着呢。没空。”

“你什么意思？”

“我的意思是，我现在不想跟你说话。”

“我想你……”

“我们分手吧……”他淡淡地说，“分了吧。”

这句话终于说出来了，毫无征兆地说出来了。先是莫名的静，而后传来王美琳急促的喘息声。两个人都没有再吭声。关鹏默默挂掉手机。

一上午他都惴惴不安，老觉得一抬头王美琳就站在眼前。如果她真站在对面，能有何说辞？不知道。那天中午他在饭店里跑前跑后，每每听到铃声都不禁浑身哆嗦。还好，王美琳再无声息。说实话，他倒希望她在电话里咒骂他一番，那样的话他会好受些。而现在，王美琳的沉默让他犹如深陷黑暗甬道，不晓得何时光亮才会照进。

王美琳的疯狂是从午后开始的。她打他的手机，他没接。她再打，他还是没接。在半个小时里她打了六十多个电话。如果不是单位有规定必须二十四小时开机，他早把手机扔进抽水马桶了。刚开始只是内疚，当刺耳的铃声如复读机般萦绕耳畔时，他渐而麻木起来，将手机调到静音状态，有条不紊地结账、签字、护送领导到高速口、向主任汇报下月预算、复印文件、购买办公用品、到财务报账……手机一直在手包里嗡嗡响动，犹如怪兽在魔瓶中绝望呜咽。下了班，他直接开车回宿舍。推开门，发现王美琳正坐在里面跟顾长风聊天。顾长风嬉笑着站起来说，美琳来半天了，你怎么才回？王美琳没有吭声，只是低头喝咖啡。他一把拉扯起王美琳："你不是想谈谈吗？我们走。"

他们其实也没谈什么。王美琳只是抱着他哭。哭阵停阵，停阵哭阵，后来干脆坐马路边抱头嘤咛。关鹏捋了捋她的长发："回去吧。你现在还是个孩子。等你长大了，我们再谈恋爱。"

王美琳真就打了出租车回校，且几日音信渺然。这倒让他颇感意外。按她的脾性，总要弄个鱼死网破。就想，也许她终于想通了，这世上没有谁离不开谁，谁都不是谁的恒星，谁也不是谁的行星。

顾长风呢，仍带豆豆乱逛，去了海豚馆和极地海洋世界，去了游乐场。更多时候，是在梅地亚广场看大妈们跳舞。关鹏想问他何时回廊坊，话到嘴边又咽了回去。他又问关鹏要了五百块钱。关鹏想起上高中时，顾长风已经去职业技校念美术专业。他人漂亮，画又好，揽了不少私活。回县城头件事，就是带关鹏下馆子，生平第一顿自助涮羊肉、第一顿肯德基、第一顿必胜客、第一顿日本料理……都是顾长风开着他父亲那辆破皮卡带他吃的。那时的顾长风,是腰缠万贯的老大哥,是世界连通器。他曾想,以后也要成为顾长风那样的人……而现在,看着顾长风略显佝偻的背影,心里说不出的怅然。

那天关鹏突然接到陌生男人的电话。男人的声音听起来闷声闷气又异常洪亮,似乎随身携带着低音炮。他自报家门,说是王美琳父亲,想和他当面聊聊。关鹏想也没想就应了。等见了面,才发觉不光有王美琳的父亲,还有王美琳的母亲和王美琳。看来一场审判要开始了。关鹏还没见过如此阵仗,额头难免冒虚汗。王美琳父亲是个胖子,穿身板正白西服,系条猩红领带。母亲则黑瘦干瘪,满脸罩着煞气。王父也没兜圈子,说王美琳跟他分手后得了抑郁症和厌食症,如果病情继续恶化,后果不堪设想。你说怎么办吧?

关鹏很怕跟成年男性私下打交道。他缺乏经验。印象中,父亲与他虽血肉相连却冒着金属冷冰之气。他小时父亲在黑龙江当兵,回家探亲时带不少榛子、松果、奶糖、果丹皮和棒棒糖。上大学后,父亲如果去了超市,仍会买大堆果丹皮,回家默默塞给关鹏。关鹏每次将糖纸剥下,都会发现自己瞬间变成七八岁的男孩。他们没一起喝过酒,没一起打过篮球,没一起下过象棋——他晓得曾经的老炮兵营长在部队时是主力后卫,也是象棋高手。上班后他给父亲买过一管萨克斯,回家时也没见他吹过,只是擦得雪亮,摆在电视柜上,像平日的父亲般寡言。

如今面对王美琳的父亲,关鹏一时无语。对方继续说:“关鹏啊,你们是自由恋爱,可自由恋爱也有底线,不能新鲜劲儿过了就分手。你去买水果,咬了口就能随便扔吗?你比她大,凡事要让着她,想着她,由着她。”

关鹏沉吟片刻才嗫嚅道:“我们分手了,她以后怎样,跟我没什么关系。不过,我真心希望她过得好。”

王美琳母亲就是这时发飙的。她从椅子上跳起,指着关鹏大声骂道:“你什么东西!玩弄完我女儿的感情就想撒手!没门!她又不是过期产品说扔就扔!你给我听好了,我女儿的病治不好,你要养活她一辈子!”

关鹏更不晓得如何应答,只是磕磕巴巴问道:“那你们……你们想怎么样?”

王美琳父亲朝老婆做了个手势,示意她息怒。他说:“问题很好解决,给你两个方案,你自行选择:一是继续跟美琳谈恋爱,解铃还须系铃人,你留在她身边,她自然会康复;二是你走你的阳关道,她走她的独木桥,不过,你要给她十万元的精神损失费。"

关鹏起身就想走。王美琳父亲清清嗓子说:"年轻人不要太拿自己当回事儿。如果你不配合我们,我们就去你们单位掰扯掰扯。你肯定不希望自己的大好前程毁了吧?一个在职警察,玩弄无知少女,话好说不好听啊。"

关鹏的衬衫都湿了,说:"你让我好好想想,让我好好想想……过段时间我们再联系。"

王美琳父亲哼了声:"你最好明天就给我回话。我在北京开了十二家羊肉泡馍店, 手下员工百十号人,可比你个小屁警忙多了。"

关鹏满脑子糨糊。他感觉自己就是条落水狗,正挣扎着爬向岸边。还好,他相信自己游泳技术还不错,姿势也不会太难看。

有美一人兮

老炮兵营长和老林黛玉火速赶来了。关鹏听着门外焦灼的敲门声,忍不住去瞅顾长风。顾长风咧嘴道:“是我打的电话。信我的没错,酒是陈的香,姜是老的辣。”

老两口儿水都没喝,先问询起事情原委。老炮兵营长还从褪色的军用书包里掏出笔记本记录。遇到关键性问题,譬如,关鹏是否和王美琳发生过性关系,发生过几次性关系,是否采取了避孕措施,有没有堕过胎,老炮兵营长都会皱着眉头用红水笔做标记。当关鹏支支吾吾地将事情说完,老炮兵营长的本子上也密密麻麻写满了字。为了清晰可见,他还利用老林黛玉去厕所的空隙画了张形势分析图。他说,形势有点儿紧迫,但还不至于到警戒状态。王美琳父母知道开弓已无回头箭,唯一的目标,无非是想从你身上诈些钱财。这时站位要高，目光要远，态度要积极，行事要低调。如果他们真闹到局里，名声肯定受损。这种事，掰扯不清，千万不能让领导和同事认为你是个玩弄女性的男人。虽然现在开放了，但还没开放到美国的程度。不过十万块也确实离谱儿，我会帮你处理好的。最后，老炮兵营长拍了拍儿子肩膀，铿锵有力地说："战斗开始了，不过我们肯定是胜利一方，美国哪里干得过中国？纸老虎而已。把那老家伙的手机号给我，我和你妈去谈判。"

他们下午四点钟去，晚上七点钟回。回来后老炮兵营长清了清嗓子说："去外面吃火锅吧。"关鹏就知道问题解决了。老林黛玉无疑流过些许泪，眼布血丝，声音也有些嘶哑。当老炮兵营长点菜时，她朝关鹏竖起三根手指轻轻晃了晃，于是关鹏知道，赔了王家三万块。那是顿沉默的晚餐，只有豆豆举着爆米花在他们中间跑来跑去。等吃完饭已九点，老炮兵营长执意开车回廊坊。关鹏晓得他认定的事，别人休想劝阻，只得叮嘱他们上了高速路要注意安全。老炮兵营长重重"嗯"了声，扫他一眼，说："狼行千里吃肉，狗行千里吃屎。我们是本分人，既不能做狼，也不能做狗，我们要做狼狗，谁欺负咱了，该咬谁就咬谁。记住没？"

这么些年来，关鹏还是头次听到老炮兵营长的肺腑之言，不禁拼命点头，同时将老林黛玉的泪水慌乱揩去。以为就没事了。

本来他劝顾长风随老炮兵营长一起回老家，可顾长风说，他老婆又改了主意，不想离婚了，跑到单位撒泼耍赖，弄得领导很是火大，此时要回无异于飞蛾投火，还是先在这里休养生息。他前几天看广告，发现有家私立幼儿园招校车司机，他就去应聘了，人家也录用了他，还说豆豆如果入托，会减半收费。关鹏就没话可说了。

过不几天局里要举办消夏晚会。每年盛夏，局里都举办这样的演出。有点儿文艺细胞的男警女警集体出动，会唱歌的唱歌，会跳舞的跳舞，会说相声的说相声，会演小品的演小品，主题无非是“警爱民民拥警、警民携手一家亲”。作为工会兼职干事，关鹏必须像只皮猴不停旋转，挑选节目，购买服装，写主持词，联系场地，事先排演，如此如此，堪比迎春。往年，还要从市歌舞团邀请舞蹈演员领舞伴舞。今年领导说了，要开源节流，坚持两个“务必”，伴舞的就挑些腿脚伶俐的女同志吧。没经验?那就请有经验的老师带一带嘛。我们女同志抓坏人都手到擒来，还会被扭扭胳膊撩撩大腿这样的屁事难倒？既然领导如此安排，主管副局长和主任也不便多言，吩咐关鹏想办法聘请艺术指导。关鹏有个高中同学在本市艺术学院教书，便给他推荐了舞蹈系的一名教师。

这女人叫段锦。素面，长发，穿条宝石蓝长裙。她跟关鹏在办公室聊了个把小时。声音清脆，时不时夹杂些手势，手势也柔和，并不显得夸张或傲慢，关鹏就多瞅了几眼。事情谈拢，关鹏说："段老师，天都黑了，您忙活半天真不落忍。不如这样，我请您吃晚饭吧？"

段锦笑笑说："我晚上有约了，改天吧。你要是还有什么想法，尽管和我直说。"

女人的长发腰间荡漾，关鹏倚着门框愣了片刻。随后，麻烦事就来了。

是王美琳。关鹏本以为再也听不到她的声音了。她在电话里嘶哑着说："你看看我的微博吧。"

一看真吓一跳，王美琳正在微博上进行自杀直播。有张图片是条细柔的胳膊，胳膊上那条醒目红线无疑是刀片割的。还配了句话："原想选一人到老，择一城白头。不承想终究镜花水月。再见了，我爱的你。"关鹏再联系她时已经关机。除了恐惧，关鹏更感觉到一种深深的厌弃。他不喜欢拿性命开玩笑的人，更不喜欢拿性命威胁别人的人。作为训练有素的警察,他很快得出结论:王美琳只是在恐吓他。这个时间正是吃晚饭的点儿，她们宿舍的同学肯定都去了食堂,她心血来潮搞了这么张图片来吓唬他。钱她已拿到手，还想怎样?思来想去他给顾长风打了个电话,然后两人去了美大。如关鹏猜度的那样,王美琳穿着睡衣披头散发地开了门,见到关鹏先拱入他怀里,鼻涕一把泪一把。关鹏二话没说,拽起她旋出宿舍。

这间咖啡厅他们以前常来。关鹏给她点了比萨和果汁,看她小口小口地吃。王美琳边吃边嘟嘟囔囔,说她把父母赶走了,她会把那三万块钱还给他,她不缺他的钱,只是缺他的怀抱。抬头看着关鹏傻笑,笑得关鹏心里很不是滋味,犹豫半晌才道:“你知道我为什么要和你分手吗?”

王美琳说知道,怪我不懂事。

关鹏说:“其实那都是谎言。”

王美琳说知道,你肯定爱上别人了。

关鹏说:“知道我爱上谁了吗?”

王美琳摇摇头。

关鹏指着身边的顾长风说:“如果我说是他,你觉得惊讶吗?没错,我是‘同志’。今天跟你‘出柜’也是迫不得已。我不想你嫁个一辈子戴面具的男人,也不忍心将你的幸福毁在我手里。”说完将顾长风搂过,定定地看着王美琳。

王美琳嘴里的比萨掉在桌上。关鹏说:“我知道你是个好女孩。我的选择你也肯定理解。你会祝福我们俩的,是不是?”王美琳盯了顾长风良久才说:“谢谢你的信任,关鹏。我会为你守口如瓶的。”关鹏长叹一声:“我知道你是世界上最善解人意的女孩。”王美琳神情恍惚地乜斜他们俩一眼说:“为什么帅哥都是‘同志’呢?给我讲讲你们的故事吧。”

把王美琳送走,顾长风再也忍耐不住,狂笑起来。关鹏很严肃地问道:“我演技怎么样?”顾长风重重捶他一拳说:“我才是最佳男主角好不好?”关鹏说:“好个屁。额头的汗差点儿滴我手背上。唉,只能用荒唐来对付荒唐。”顾长风托起关鹏下颏说:“亲,不会真爱上我了吧?”关鹏搡掉他的手:“滚!即便地球上只剩下凤姐和你,我也会选择凤姐。”顾长风“嘁”了声说:“你该怎么感谢我啊?”关鹏说:“去‘梦吧’好了。不醉不归!”

关鹏将豆豆托付给小弟炳文,然后带顾长风去了酒吧。未承想酒吧里碰到帮老友,酒就喝得喧闹。大鸟在市城管局工作,父亲是国税局局长,但人低调实诚,身边总是那个小鸟依人的女友。胡烈和女友正在玩骰子。胡烈是一家商务公司的老总，即便在酒吧，白衬衣的袖口也扣得格外紧绷。他女友是港务局的会计，长得特像《复仇者联盟》里的“黑寡妇”。一帮人猜拳掷骰子玩真心话大冒险，不亦乐乎。顾长风啤酒一杯接一杯，后来又换了伏特加。关鹏晓得他是难得地轻松，压抑这些时日，换成他早疯了。去洗手间时眼风扫到个背影，依稀熟悉却偏记不起是谁，不禁跟着走几步，待看到侧脸才惊喜地喊道：“段老师！您也来玩了？”

不是段锦是谁呢。只是换了条黑色短裙，化了烟熏妆。段锦笑道：“还真有缘分。这里又碰上了。”关鹏搔搔头：“是啊。您自己来的吗？”段锦说：“别老您呀您的，我可能比你还小。直接叫我名字好了。”关鹏说：“好啊好啊。您在哪桌？不如过来喝两杯？”段锦说：“跟同事们来的。不方便吧？”关鹏说：“您是我们的艺术指导，有什么不方便的？那是蓬荜生辉啊。”

于是并桌，不管相熟不相熟，先是通乱喝。关鹏喝得少，动辄就去偷瞄段锦。这姑娘无论何时，脸上都挂着抹仿佛随时要消逝的笑容。后来在别人脸上，他再也没有发现过类似表情：那笑容是剂镇静剂，能让你即刻心安，可是因为短暂，又会让你心生怅惘。酒也不乱喝，从不主动敬酒，当别人向她举杯，她含笑盯着对方，象征性地抿上一小口。那口酒洇留在唇齿间，随时都要从红嘟嘟的唇里溢出。关鹏的心有些慌，跟她碰了几杯后，邀她去舞池里蹦迪。段锦摇摇头，说，她不会跳舞。

关鹏说："我教你啊。"

段锦歪着头问："你经常教女孩子跳舞吗？"

关鹏说："我只教喜欢的女孩子跳舞。"

段锦说："我只和我男朋友跳舞。"

关鹏有些失望。

段锦又说："不过，我和男友分手了。"

关鹏眼睛亮了亮。刚想说点儿别的，就接到了老炮兵营长的电话。老炮兵营长说话素来言简意赅，口吻犹如长官对士兵训话。他说，我和你老妈商量了几天，决定给你买辆新车。什么牌子？奥迪 Q7。为啥买这么贵的车？我们想透了，这世道，人靠衣装佛靠金装，尤其你们大城市，更是狗眼看人低。说白了，买新车就是为了给你提高身价，能更快捷、更省事地找个好老婆。哪儿来的钱？你忘了吗？咱家旧城改造时，老房子换了三处新楼房，我不过卖了一处而已。

关鹏愣住，不晓得说什么。老炮兵营长说，这个礼拜天你跟我去北京提车，然后直接开回你们单位。让你们单位的人也知道，咱家不是白给的，让那些拜金姑娘也看看，你不是白给的。

接完电话回到酒吧，段锦已经走了。关鹏有些失落。他不晓得为何失落，此时应该感觉到兴奋才对。还好，不久接到了段锦的短信。她的短信很短，只有五个字："晚安，小警察。"关鹏盯着那五个字，隐隐觉得有戏。如她对他无意，何必发短信？即便礼节周全，"晚安"两字足够，如果是业务关系，加上"警察"两字也无可厚非，可是前面那个"小"字，就有了些调侃、有了些亲昵的意味。关鹏忍不住跟大鸟和胡烈他们又狂喝了几瓶啤酒，内心里始终燃团微微了了的火焰。到散场找到顾长风时，顾长风正搂着位"公主"互留手机号，拽他起来，才发觉路也走不稳。等出租车时，脑子里还想着段锦的背影。他有种预感，如果明天约她共进晚餐，她肯定不会拒绝的。

钢铁侠

每日清晨关鹏的行程大致如此：六点半起床，七点开那辆老桑塔纳拉顾长风和豆豆吃早点，七点半把父女俩送到幼儿园，顾长风要开着那辆造型夸张的校车接孩子们。八点到单位。单位没有保洁，需要同志们自己打扫楼梯厕所。刚上班时，关鹏早早跑到单位，拖地板倒厕纸，顺便将同事们的杯中沏满普洱茶。这是老炮兵营长一再叮嘱的，说新人就要眼尖手勤腿快嘴甜。过段时日，关鹏听有人背后议论，说这新来的后生心眼儿真不少，看着傻，其实比谁都精明，如此急功近利想干吗？听着生气，关鹏故意到得晚，别说拖地板，桌上直积了半尺灰尘。过段时日又听人说，唉，这孩子原来比谁都懒，新鲜劲儿过了，就露真相咯。

关鹏是个经验主义者，上大学时哲学老师讲，经验主义是形而下的哲学，被毛泽东、邓小平批判过，但关鹏觉得经验主义至少要比理性主义靠谱儿。他发现,大家基本上是掐着点来。八点半上班,八点二十五分到,到了象征性地抹抹桌子扫扫地,开始各忙各的。关鹏也照猫画虎,不过分热诚,也不过分冷淡,反正大家都这德行,谁也挑不出谁的理。倒也真的没人再说三道四。

这几天去得早,纯粹是因为演出事宜。马上要文艺会演,先是西岗区那个从小学五年级就指挥少先队员合唱团的老刑警得了阑尾炎,接着两个女警在跳拉丁舞时崴了脚,肿成大象腿,再没办法排练,另外就是从网上购买的裙子号码普遍小一码,本来都是臃肿的大妈了,勒身上仿佛一群面相愁苦的巴西女奴……关鹏知道考验自己的时刻到了,如果这些小事不能嘎嘣脆地处理好,不定遭多少人背后耻笑。

段锦听说后倒帮了不少忙。她说她有个学生指挥是把好手,获过全省的什么"金指挥棒"奖,至于跳舞的就更好说,简直比蚁窝里的工蚁还多。关鹏支支吾吾地问,那费用怎么办?确实,上面给的经费不够塞牙缝,用起来真是英雄气短。段锦说,她那个学生,父亲是老公安,自小崇拜警察,要是指挥这么一帮叔叔阿姨合唱,高兴还来不及,谈什么钱不钱?至于伴舞,备好服装就行。关鹏嘻嘻笑着说，真是警民鱼水一家亲。段锦说，那是，不过，会演结束后，你要请我们吃麻辣小龙虾哦。关鹏赶紧说，等那么久干吗？不如今晚就请。段锦想了想说，改天再说吧，你忙成这样了，我们怎么好意思打扰。

她说得比较犹豫。关鹏说，也好，过几天再请他们不迟。不过我前几天团购了"盛世海鲜"的券，不如今晚我单独请你？听说那里的海鲜煲请的可是韩国料理师。段锦沉默良久，方才盯着关鹏说："我今晚约了朋友，去看俄罗斯皇家芭蕾舞团的《睡美人》，真是抱歉。"

看来她说了谎，那晚刚提及和男友分手，今晚就约人看《睡美人》？瞥眼段锦，却没再问别的。

不过，晚饭还是在饭店吃的。顾长风发工资了。这货向来是有一分花两分，非要请关鹏吃大餐。关鹏说，那就去吃大排档，老王家的擀面老汤味道杠杠的。顾长风急了，说，那怎么成？我还请了同事呢。我可不想让人家以为我抠门。关鹏懒洋洋地问，什么同事啊？男的女的？顾长风说，女的，我们单位财务的会计，人老好了。关鹏问道，结婚了没？顾长风若有所思地答道，应该没有吧。

等见了面，才明白顾长风那句“应该没有吧”是有所指。这是个比豆豆高不了多少的女人。身材如孩童，面相却是老姑娘面相。关鹏不禁皱了皱眉。还好，豆豆跟这个叫盈盈的侏儒很合。盈盈脾性也好，声音柔柔的，一辈子都不会着急的样子。他们四人坐在一起，仿佛是两位父亲带着两个女儿共进晚餐。顾长风说，去了幼儿园，人生地不熟，是盈盈关照有加，才让他觉得心里挺暖和。盈盈说，谁都有初来乍到的时候，这么做是应该的。顾长风就倒了满满一大杯啤酒敬盈盈，盈盈也不推辞，一饮而尽。顾长风瞄了瞄关鹏，关鹏也接圣旨般赶紧敬酒。敬第二杯酒时，手机响个不停，看了看，是段锦。心差点儿跳进酒杯，慌里慌张跑到屋外。

“你到星海剧院接我来吧，”段锦说，“我在停车场等你。”

肯定是段锦遇到意外情况，不然不会这个点给他打电话，也不会用这种口吻跟他讲话。关鹏也没跟顾长风打招呼，开车直奔剧院。到了停车场，空空荡荡，只剩辆宾利停在那里。段锦抱着胳膊靠在车门上，她对面是个穿西装的男人。关鹏瞅了瞅那男人说：“段锦，我们走了！”男人愣了几秒，一把抓住段锦，又瞥了瞥关鹏，问道：“这就是你说的新男友？”

段锦说:“没错。”

男人问:“警察?”

段锦说:“没错。”

男人笑着说:“样子不像个警察,倒像个吃软饭的小白脸。”

段锦说:“好坏跟你都没关系。”

关鹏想了想,走过去拉住段锦的手,转身对男人说:“别再骚扰段锦了。她以后不想再看到你。”

男人仔细打量关鹏一番:“这样毛手毛脚的男孩,过两天就腻了。”

两人上了车。段锦用纸巾擦了脸,又掏出化妆盒小心地涂口红。后视镜里关鹏看到她的脸在忽明忽暗的光线中显得那么陌生。

“送我回家吧,”段锦说,“我累了。”

途中两个人谁都没吭声。本来关鹏以为段锦会跟他说点儿什么,比如,关于这个看起来颇为神秘的男人,比如,他们之间曾经发生过的故事,比如,今晚他们一起看的芭蕾舞剧《睡美人》。可段锦的唇线封得死死的,目光游离地看着窗外,关鹏也就没好意思开口。不过,男人肯定是个有钱的男人,没钱能开宾利慕尚?男人也是个有来历的男人,当了这么些年警察,还是一眼能看出对方成色。不过男人还是有些特别，不像这个地区的有钱人，脖子上挂着黄金链、手腕上拴着赛鸽蛋的象牙，他看起来很清洁，眼神里满是迷离和……疲惫，仿佛一个随时会睡着的孩子。

段锦在小区门口下了车，朝关鹏摆摆手。

关鹏说："要我送你上楼吗？"

段锦说："改天……再请你上来喝茶吧。"

关鹏说："明天上午预演，局长审节目，不要迟到啊。"

段锦只是笑了笑。

回到家里，一个人没有，看来顾长风他们和盈盈聊得很投机。想到段锦说，改天请他到家里喝茶，难免欢喜。又想到今晚她的举动，心里满是疼惜。她骗那个男人说，他是新交的男友。如果对他尚无好感，怎会拿他当挡箭牌，又让他救驾？明显拿他当了贴心人。她还把他的身份告诉了男人，无非想让男人少找麻烦。再有钱的人也不会主动招惹警察。这女人看起来云淡风轻，其实心思缜密得很。关鹏推开窗户，小声咳嗽。他看到顾长风回来了。豆豆走在中间，左手是顾长风，右手是盈盈。他们有说有笑，仿佛是顾长风带着幼儿园的小朋友在郊游。

翌日段锦来得很早，穿了身咖啡色套装，娴静庄重，看到关鹏就先笑。只是一笑，关鹏就酥软了。那天虽有局长坐镇观摩，他仍气定神闲地调度，半丝躁气也无，连那个老“嗡嗡”乱响的音箱也傻大黑粗地站在那里，中间没有变调或失声。演员们也争气，合唱气势冲天，眉毛都快从脸颊上飞弹而出；扎着马尾辫的小指挥别看纤细，指挥棒一挥，先把自己拧成芙蓉姐姐的S形，顷刻调动起千军万马；女人们的裙子全换成了加肥版，她们张着赤红大嘴歌唱、摇摆，深情如天主教堂唱诗班的女童……局长当场表扬了大家，当然也表扬了办公室，说办公室措施得力，安排巧妙。关鹏忍不住得意地瞄了段锦一眼，不承想段锦也正拿眼风拢他。两人相视而笑，段锦还趁机眨了眨眼。她这个小动作不禁让关鹏浑身燥热起来。他抽空给她发了条短信，说：为了庆祝预演成功，我们去吃海鲜吧。不久便收到段锦的回话：“好的，小警察。”

那日的晚餐既喧闹又宁静。喧闹是别人的，觥筹交错，划拳行令，宁静是他们的，只是默然吃饭，间或关鹏抬头看着段锦“嘿嘿”傻笑两声。段锦也不搭理他。关鹏有些恍惚，身边蓦地万籁俱寂，这个叫段锦的女人，仿佛已陪伴他在此坐了数十载。

“你老傻笑什么?”段锦终于忍不住问,“没见过女人吃饭吗?”

关鹏说:“没见过女人连吃饭都这么美。”

段锦说:“油腔滑调,哪像人民警察?”

关鹏说:“人民警察也得学会赞美姑娘啊。”

段锦正色道:“记得正式演出了,千万让那个男主持别再忘了拉裤链。”

关鹏笑着说:“他有前列腺炎。”

段锦“哦”了声,说:“不早了,我要回家了。”

关鹏说:“回家有鸟意思?我带你看些好玩的。”

段锦狐疑地盯着他,慢慢擦掉唇边的海鲜汁。

他带她去了宿舍。她没反对,安静地在他身后跟着。顾长风带着豆豆去海边了,打开窗户,潮湿的风不时袭来。段锦说:“宿舍够乱的。”关鹏吐了吐舌头:“我有个哥们儿带着孩子也住这儿。”段锦说:“开收容所啊?”关鹏将顾长风的事简说一遍,边说边踩着板凳将一个硕大纸箱从衣柜顶上搬下,擦拭掉灰尘,瞥眼段锦,慢慢腾腾地打开。

那是箱超级模型:全是大小不等、造型各异的钢铁侠。它们站在箱子里,仿佛一支整装待命的部队。“这个最威武的,三十五公斤呢,是一比一的钢铁侠三

MK43手办模型，纤维增强复合材料的，啧啧，战甲是金黄相间，眼睛和胸口能发白光。是不是跟我一样帅？”关鹏把这个跟他差不多高的模型搬开，“这个是二比一钢铁侠，材质是PVC加ABS的。喏，再瞧这款。本来是漫威的限量版，但战损版是我亲手做的。牛×吧？我一帧一帧看电影，然后买了电钻、焊枪、喷枪、金属油漆、头灯和放大镜，用了半年的休息日做出来。后来用单反拍了照片发到论坛，有人出价三万块钱我都没卖。我怎么舍得卖呢？哎，等我搬新家了，我要专门做个玩具柜，要按照电影专门定制，把一至七代全放在水晶弧形格子里。这个想法牛×吧？”

段锦坐地板上托腮仰望着关鹏唾沫星子乱飞，脸上是那种惯常的微笑。她什么都没说。

关鹏有些失望，满以为她会很喜欢，即便不喜欢，最起码也要装出喜欢的样子。他点上支香烟说：“这些都是我的宝贝。下班没事干，就一个个摆出来。站在它们面前，我觉得自己成了将军。小时候，爸爸给我买了套塑料圣斗士星矢，整个暑假我都没出门。”

段锦说：“说实话，你把那个最大的钢铁侠搬出来的时候，吓了我一跳。让我猜猜你的心理吧，你梦想着成为超级英雄，可是呢，内心还是个小孩。”

关鹏犹豫着拉过她的胳膊:“我哪里都不小了。不信的话你摸摸。”

段锦打掉他的手:“谁稀罕啊?”

关鹏说:“真的不喜欢啊?”边说边把她拽进自己怀里。段锦拱了几拱,他喘息着说:“别动,别动,我可是钢铁侠。”段锦“扑哧”一声笑了,气力就绵软些许。关鹏顺势熄了灯,一把将段锦按住。

深　海

关鹏没料到和段锦进展得这般顺利。段锦不是矜持的女人，该做的两个人也都做了。关于床事关鹏对自己甚是满意，多年的魔鬼体能训练让他比肯尼亚草原上的猎豹还勇猛。那晚他送段锦回家，分别时吻了她。她的舌头是茉莉花。他闭着眼憧憬，蜂蜜般甜美的日子怕是真来了吧？

才知道什么是热恋的滋味。以前和女人们种种，跟段锦的种种相较，全是温暾的白开水。上班时会忽地想她，想她的桃花眼，想她嘴角不明显的细碎纹理；午餐时会忽地想起她，想她在床上凌乱的长发，想她腋窝牛奶的香气，此时那地方就不由得竖起杆旗；下班时会想起她，想她走路的姿势，想她说话时的语调……冷不丁清醒过来，难免自嘲，也算久战情场，何故如情窦初开？怕影响她上课，只有不停给她发短信。短信也清洁，无非是忙不忙、吃了没有、注意午休啊诸如此类的日常性问候。段锦回话一般都要迟些。他更难受：单枪匹马在城里闯荡打拼的姑娘，哪怕有怪物史莱克疼她也好。

关于段锦家世，关鹏还是在乎的。他觉得，择偶好歹要进行一次科学化、程式化的考察，与王美琳的荒唐事更从反面印证了此点。这是父母传授给他的经验主义。首先对方有无家族性遗传病史，比如白癜风、癫痫症、红斑狼疮、精神病、抑郁症、舞蹈症、侏儒病、糖尿病，底线是色盲和左撇子——只要不驾驶车辆，色盲和左撇子还是无关紧要的。其次对方父母是否近亲结婚，这东西最有可能隔代遗传，底线是五代以外直系血亲，他相信医学，到了第六代染色体估计就不会交叉影响。再次对方是否单亲家庭。这点也要命，是老林黛玉一再强调的。她认为，凡是家庭不完整的姑娘大都有心理暗疾，比如轻微自闭症、间歇性暴躁症和隐蔽性孤独症，日后必会影响夫妻关系和婆媳交流，底线呢，是父亲或母亲因病早逝，毕竟是天意，对孩子的伤害有限，不会影响心理发育。水务局那个长得像高圆圆的姑娘，虽貌美性温，和关鹏也情投，但因八岁时父母离异，还是被老林黛玉和老炮兵营长一票否决。最后是对方有无身体残疾的兄弟姐妹。要是配偶有个脑瘫弟弟或低智商妹妹,岳父岳母病故后如何抉择?百分之五十的可能性是由他们抚养,一旦如此,问题也如多米诺骨牌般纷至沓来:家庭负担加重,夫妻矛盾剧增,离婚率骤升。当初,他颇为心仪的那位幼儿园老师,就是因为有个脑瘫弟弟,相处了三个月后,分手两相忘。

虽深陷情网,关鹏仍保持了充足的警惕性,把段锦背景摸个底透,结果也让他颇为满意。她老家是内蒙古呼伦贝尔草原的,父母都是县城公务员,体健貌端,弟弟正上大学,是学校篮球队的队长,还参加过全国大学生篮球联赛。她在上海念的艺术学院,毕业后一直在本市大学教书,去年入的党,曾连续三年被评为全校优秀教师。可算得上标准的小康之家。唯一让他疙里疙瘩的,是她的前任男友。那个开宾利的男人,时不时会忽然蹦出,斜眼打量他,让他心里陡然一凛。他本想跟段锦问问男人的情况,话到嘴边又生憋回去。即便真问了,段锦也未必说,没准还会勾连起伤心事;即便真说了,难免觉得他小肚鸡肠。两人都不再是榨汁机刚榨出的纯天然新鲜果汁,没必要计较果汁底部是否有沉淀物。何况,有些事过去,最好的选择就是让它埋葬在马里亚纳海沟。

然而那天心里还是硌硬了下。本来说好跟段锦去张北草原音乐节。据说罗大佑、朴树和伍佰要来。奥迪也从北京提来了，正好跑高速磨合磨合。顾长风和豆豆呢，要参加幼儿园组织的夏令营，也不会打扰他俩。查了查天气，不冷不热，最适宜租住帐篷。早早将一应物品备好接上段锦。快上高速时，他接到条短信：

"你会后悔的，关。"

你会后悔的。关鹏皱皱眉，盯着号码。是陌生号，也许发错了。转念一想，如果发错了，怎知他姓关？那么，谁给他发这样一条没头没尾的短信？这话什么意思？忍不住偏头看了眼段锦。段锦正塞着耳机听歌，吐着舌头问："怎么了，小警察？是不是忘了带身份证？"关鹏强笑道："也不看看我是吃哪碗饭的。"

那天天气委实不错，关鹏心里却蒙了层霾。他扳着手指数了数最近自己干的活儿，数来数去好像并无漏洞，更没得罪什么人。就是跟王美琳分手而已……对，就是王美琳，关鹏恨恨地想，这不知好歹的，难道还在打他的主意？转念一想又不像。王美琳是个没心没肺的人，什么话都炮仗般直接飞天炸裂，断然不会如此委婉晦涩。心里就有点儿乱，给小弟炳文偷偷发了微信，让他帮忙查下号码。炳文很快回了，说这是黑号，查不到机主是谁。关鹏闷头闷脑地开了阵车，时不时乜斜段锦两眼。段锦那天吊了条马尾辫，她发质硬，可能刚洗的头，有几根随风胡乱飘拂。她的侧脸没有正脸耐看，下巴过于圆润，可飞驰的阳光打在上面，有种瓷釉方有的光泽。

然而还是挺开心。乱糟糟的音乐节，客栈全满，帐篷租光，伍佰晃着长发唱了《挪威的森林》，罗大佑颤着嗓音唱了《恋曲 1990》，朴树压根儿没来，然后是些莫名其妙的乐队，新裤子旧裤子，盲肠玫瑰异度空间之类。关鹏从身后搂紧段锦。霓虹灯和射灯将黑魆魆的天空射穿了几个洞。当他抬头仰望天空时，恰有流星驰过，不禁闭眼许愿，无非是跟段锦百年好合之类。许完愿忍不住自嘲，都什么年岁的人，还跟个孩子似的幼稚。即便如此，心里仍是蜜汁流淌。只是当他小狗般舔舐着段锦散发着茉莉香气的发梢时，车上接到的那条短信忽又跳脱出来，一字一字在瞳孔里放大，随着歌声左飘右摇。关鹏猛然间醍醐灌顶：这短信，八成是那男人发的吧？他怎么舍得段锦这样的女人？穷追猛打不成，才发了短信让他生疑猜忌。如此手段，也真够下三烂。想明白了，将段锦搂得更紧。段锦用手指敲敲他脑门说:“又发情了?”

从张北回来,忙得是脚尖朝后。先是文艺晚会在梅地亚广场隆重上演。让关鹏欣慰的是,主持人裤链没忘拉好,小指挥的S形堪比逻辑回归模型,小品演员没有卡壳冷场,总之一切都顺当流畅。刚忙完会演,上面的暗访组又来暗访,少不得接待应酬。接着是部里的老干部们来疗养,他们要挨个儿慰问。除了这些,还有让他担忧的事。有传闻说,纪委收到了举报大局长的匿名信。他呢,虽没做过什么违法乱纪作奸犯科之事,可毕竟是大局长这条线上的人,如果大局长出什么意外,主任他们难免受牵连。不过看样子传闻也只是传闻,大局长照样开他的会,吃他的饭,瞧不出什么风吹草动。他这才稍稍心安,跟段锦商量,是否跟他回趟老家?

他的意思很明了,想让段锦拜会下父母。无论如何,老炮兵营长和老林黛玉这关肯定是要过的。按照他的预测,这关不是问题。见面无非是给他们提个醒:他有了女友,老林黛玉莫再为他的婚事失眠。段锦那边也无异议,只是说,她要把课调换下,又问去那里的话,需购买哪些礼物?关鹏想了想说,买些土特产就好,爸最喜欢吃虾皮,妈最喜欢吃螃蟹。段锦说,给爷爷奶奶买什么?关鹏心里一暖。她想得真周全,不过是无意间提过,他跟爷奶感情深厚。就说,他们牙齿都掉没了,买些“富贵轩”的糕点好了。本想替段锦打点这些礼品,不料单位有事,等联系段锦,她说已购备齐全。他也就没说什么。

老炮兵营长他们无疑做足了准备。他们住六楼,还有电梯,仍将一至六楼的紧急通道细细打扫。屋内更不消说,百十平方米的屋,老两口儿昼夜未歇地拾掇两天,就差门上插彩旗墙上贴横幅了。见了段锦这叫个亲,老林黛玉左看右看,前看后看,老也看不够。老炮兵营长假装用纱布擦那管瓦亮的萨克斯管,一双老花眼瞪得溜圆溜圆,怎么都忙不过来。到了做饭的点,段锦一直陪老林黛玉守在厨房。老林黛玉赶了她三次都没能赶出来。菜肴无非是老几样,海蟹大虾炖排骨,鲍鱼鲜蛏烧大鹅。满满一桌子菜,就差白酒了。老林黛玉说,地下室还有两瓶陈年茅台,这么欢喜的日子就喝了吧。段锦就陪老林黛玉去了趟地下室。老炮兵营长朝关鹏“嘿嘿嘿嘿”地傻笑,犹如下岗职工中了五百万彩票。关鹏心下暗自得意,酒就喝得有点儿高。段锦也小酌了两杯,不时偷偷掐下关鹏的大腿。关鹏就迷离着眼死盯着她看。段锦说,少喝点儿,待会儿陪我去街上逛逛。老林黛玉忙接话道，去吧去吧，我们县城虽小，也是千年古镇。关鹏说，县城有什么好看的？还是带你去市里转转吧。

两人打车去市里。女人嘛，世界上大抵有三个地方最值得她们留恋：厨房、化妆间和商场。段锦似乎也不例外。在专卖店她看上双红皮鞋。处了这么些时日，倒很少见她这般兴浓。试穿后她又把那双鞋在手里掂来掂去，间或瞥关鹏一眼，半晌才说："真是不错。很早就想买双这种款式的，不想在这里遇到。"

关鹏不是傻子，焉能不明白她的意思？他此时最该做的，就是屁颠屁颠地去开票付款。按理说这是他的职责，即便是热恋中的阿根廷雄火烈鸟，也晓得把最肥美的蛤蜊献给雌火烈鸟。但是——关鹏愣没开口。那双鞋标价两千五百元。两千五是什么概念？他半个月的工资。打小起，关鹏便是个不随便花钱的孩子。这可能和老林黛玉的教育有关系。老林黛玉时常念叨："由俭入奢易，由奢入俭难。""一粥一饭，当思来处不易；半丝半缕，恒念物力维艰。""常将有日思无日，莫待无时思有时。"甚至还让他把《蔷薇园》里萨迪的那句名言抄到日记本上："谁在平日节衣缩食，在穷困时就容易过难关；谁在富足时豪华奢侈，在穷困时就会死于饥寒。”关鹏出生没几年,邓小平就发表“南方谈话”了,可从小到大,关鹏极少买零食,玩具也都是表哥们玩剩下的。他极渴望得到那套塑料圣斗士模型,又不敢跟父母讲,恰逢老师留了篇作文,叫《我的爸爸》。他就在文章里赞美老炮兵营长,说他喜欢圣斗士玩具,过生日时老炮兵营长毫不犹豫地给他买了全套。老炮兵营长偷偷读了他的作文,彻夜未眠。翌日关鹏床头便多了那套梦寐以求的玩具。由此他晓得,不能轻易开口讨要礼物,而是要等对方主动馈赠——即便对方是父母。别看平日里他衣冠楚楚,拉风得要死,其实穿的都不是名牌,全是淘宝淘来的,不是优衣库就是 H&M,款式新颖又便宜,穿一季扔掉也不心疼,即便跟狐朋狗友去泡酒吧,也都是网上团购酒水门票。当然,他唯一的奢侈品就是那些成箱成箱的钢铁侠。

当那双鞋子在段锦手里像团火焰来回晃动时,他其实做了无数次斗争:买,还是不买?买了,段锦肯定认为理所当然,热恋中的男人即便为女人掏心掏肺也理所当然,可以后呢?有一就有二,有二就有三,他开着奥迪 Q7,可并不是他妈的富二代。千万不能给段锦造成这种错觉:他有钱,他喜欢花钱,他喜欢为女人花钱。不然的话日后矛盾定会迭出。女人的欲望是器官上的息肉,割掉虽还会长,但不至于长得太过臃肿肥大,如果一直不割,很可能发生癌变。不买呢,段锦肯定会好好思忖一番。是舍不得,还是别的缘由?她冰雪聪明,定会明晓他的心思,也会体谅他的难处。果然,段锦见他没有动静,就对服务员说,还要去别家看看,先放起来吧。

就去看她的脸。没有丝毫沮丧的样子。她甚至朝他笑了笑,说:"还是有点儿小贵。我们走吧。"关鹏说:"你要是真喜欢,我们就买了。"段锦说:"一双鞋子嘛,有什么真喜欢假喜欢的。"关鹏说:"也好,也好,不如我们去看电影吧?听说《云图》最近挺火。"段锦说:"我们还是随便逛逛吧。你们这里不是有地震遗址吗?应该是免费开放的吧?"关鹏偷偷掐了把她的细腰说:"有什么好看的?要去的话也晚上去,还能干点儿别的。"段锦拍了拍他的头:"你呀,满脑子黄色思想。"关鹏从后面揽住她说:"领导一针见血,领导高屋建瓴,领导总是在最关键的时刻挽救同志。"

两人就回了县城。老炮兵营长和老林黛玉早备好了晚饭。依然是饕餮大餐。老林黛玉真是使出了浑身解数,烹炒煎炸,新蔬时鲜,只恨买不得龙肝凤胆。老炮兵营长也贡献了道据说在部队练就、关鹏只有幸耳闻过的驴肉焖洋芋，吃得关鹏直打饱嗝。段锦不停给老两口儿夹菜，老两口儿又夹给她，她又夹给关鹏。待酒足饭饱，老林黛玉去收拾寝室，犹如老宫女侍奉皇后般，一水的新褥子新被卧，据她说是一九八五年结婚时的嫁妆，多年来一直压箱底，怕有樟脑丸的气味，已然在阳台曝晒三日。段锦说："阿姨，我跟你睡。"老林黛玉去瞅关鹏。关鹏说："我妈晚上打呼噜，堪比八级地震。"段锦瞪他一眼，他赶紧说："妈，还是让段锦陪你睡，你们娘儿俩亲热亲热，好好说说话。"段锦说："是啊。"老林黛玉就不敢再说别的，忙去铺床温被。

听着身边老炮兵营长均匀的呼吸，关鹏睡不着了。看样子，段锦对父母印象不错。她是面上窥不出心思的人，不过从她言谈中尚能窥知她对自己的家庭甚是满意。这在意料之中。他掏出手机，仔细打量着上面那条新收到的短信："你会后悔的，关。"这些日子，每天他都会收到这条内容相同的短信，有时是清晨，有时是午后，有时是日暮。他已然认定是她前男友所发。对这位神秘的现任女友的前男友，他一直保持着沉默。说实话他完全有办法查到男人的相关信息，男人的车牌号他当时只扫了一眼，却早牢牢记下。可查出来又有何用?只是条骚扰性短信,连威胁都谈不上。每次看完短信他都想删除,可想了想又保留下来。他也不晓得这是何故。有时看看短信,再去看段锦,就觉得这个女人身上隐藏着无穷无尽的旧事。他渴望知道她身上发生过什么,但又极力克制自己的好奇心。“好奇害死猫”这句话他是信的。

父亲来回翻身,想必是酒喝得高了。他悄悄爬起踱到窗前。已立秋,夜色凉润。楼后是田地,农人种了苞米、高粱和大豆,清甜之气随风漫卷。这晚无月无星辰,分不清哪里是田野哪里是夜空,黑魆魆苍茫虚空,偶有枝叶被风吹得窸窣响动,疾而忧伤,犹如夜海上传来的细碎疲惫的涛声。他点上支香烟,默然凝望着凝望着他的黑暗。

烟　火

回单位的高速路上，关鹏接到主任来电。主任说，你方便吗？方便的话你听我说，大局长被双规了。据说是他们写了匿名信。这几天可能会有纪委的人找咱们，当然，咱们向来公事公办，做了的事就承认，没做过的千万不能乱说。记住没？

就挂了。

关鹏蒙了。没想到这天真来了。主任口中的“他们”，他当然知道是谁，无非是那两位向来与大局长面不和心也不和的副局长。本以为之前的传闻纯属空穴来风，不承想坐了实。他心里倒也安生，他和主任虽是大局长的人，但丝瓜藤是丝瓜藤，肉豆须是肉豆须，即便有纠缠，还是分得清，平日里办事全照着规章，没玩过幺蛾子。只不过如若大局长真被拿掉，他们这些一条绳子上的蚂蚱，断胳膊断腿也是难免的。

段锦问道:“出什么事了吗?”

关鹏笑笑说:“没有。办公室的都是奴才命。这不主任又让我安排午饭。”

到了单位一派兵荒马乱。本想找主任私谈,问问细情,可主任没在。其他处室的人见了他,匆匆忙忙点下头,半句话都没有。他甚是无趣,只得坐在电脑前发呆。及至晌午接到顾长风电话,说他在外面租了房子,想下午搬家。关鹏问他为何搬家,顾长风说:“我们爷儿俩不能老鸠占鹊巢啊。快让段锦搬过去住吧。”关鹏也没心思挽留,只说下午帮他拾掇东西。

其实也没什么东西,一个行李箱就把顾长风和豆豆的衣物全装下。顾长风说他租的房子在附近,有什么事也好照应。关鹏寡着脸将他送上出租车,顾长风说:“真舍不得我们爷儿俩?”关鹏挥挥手:“滚吧,快滚吧。”顾长风说:“我可不是翻脸无情的人。晚上一起吃饭吧?”关鹏神情恍惚地点点头。顾长风又叮嘱道:“别忘了带上你老婆。”

那顿饭吃得还算热闹。顾长风带了豆豆和盈盈。盈盈烫了鬈发,看上去像个衰老的洋娃娃。段锦和盈盈都围着豆豆转。顾长风趴在关鹏耳朵边问:“你拉着个臭脸给谁看?”关鹏道:“有吗?”顾长风说:“怎么没有?是不是掉茅坑里了?”关鹏挤出丝微笑。顾长风说:“女人嘛,绰号叫‘麻烦’,漂亮女人嘛,就是‘麻烦他娘’。你是爷们儿,让着她点儿。”关鹏忍不住瞅了眼段锦,段锦正喂豆豆吃虾,就说:“我们能有屁事!”顾长风快快道:“那就好,那就好。”

顾长风搬走后段锦偶尔住关鹏这里。关鹏住的是单位宿舍,低头抬头全是同事,也顾忌段锦老被他们看到,不定传什么闲言碎语,更多时候是他去段锦那儿。是学校的宿舍,不过气氛要闲适些许。那天两人完事后,段锦摸着他小腹说:“我姑父他们来旅游了,我明天上午有课,你去机场接他们吧。”关鹏皱着眉说:“单位这几天乱得很,我怕万一……”段锦打断他说:“没有万一。”关鹏不吭声。段锦又说:“人多,记得开你那辆Q7去。除了我姑父姑妈,还有表姐表姐夫。”关鹏问:“接到后送哪儿?”段锦弹弹他脑门儿:“把他们扔大街上算了。”

于是晓得段锦是让他给亲戚们安排住宿。这倒简单,单位跟宾馆素有往来,安排几间房不成问题。不过这几天单位很多人被找去谈话,按说也该轮到他。难免心里绷了根弦。据说问得特详细,连购卫生纸的账目也要核查。

越怕什么就越来什么。翌日刚想去机场，纪委调查组的人就来了，指名要跟他谈话。他在办公室当了几年采购，心里还是有谱儿的，账务的来龙去脉也清楚，人家问什么，他就老老实实答什么，虽心无赘事，手心也是捏了把腥汗。待到谈完话已上午十点多，姑父他们在机场都等半个多小时了。他这才开着那辆老桑塔纳疯了般奔往机场。中间段锦打过次电话，一个自称“你姑父”的男人也打过电话。到了机场，呼啦啦围上一帮人，倒把关鹏吓了一跳。原来除了姑父姑妈、表姐表姐夫，还有一对双胞胎男孩。关鹏连忙道歉。姑父没好气地说，我知道你是警察，忙，就别客气了，一家人不许说两家话。瞅了瞅姑父，典型内蒙古人，宽颊细眼，体态如熊，一看就是摔跤高手。

只得又打辆出租，将贵客载至宾馆。段锦早在宾馆等得不耐烦，见关鹏从那辆老桑塔纳车上下来，脸色就有些不对。关鹏忙说单位有急事，段锦也没搭理他，只是满脸堆笑跟亲戚们又搂又抱。饭是关鹏订的四百元套餐，除了猪肉炖粉条就是小鱼贴饼子，段锦抽空问道：“怎么没有海鲜？”关鹏一愣，旋即红着脸说：“哦……怕他们吃不惯。”段锦笑着说：“你觉得我们呼伦贝尔人没吃过猪肉吗？没吃过鲫鱼吗？”没等关鹏插话就扯着嗓子喊服务员："来两斤基围虾！再来八只阳澄湖大闸蟹！"

姑父他们热情得让关鹏有点儿手足无措。给关鹏带了一箱"绊马索"白酒、两箱牛肉干和奶酪，还给老炮兵营长带了件羊皮袄，给老林黛玉带了件鄂尔多斯羊绒衫，礼节周全得让关鹏后悔没订只澳洲龙虾。吃完了就嚷嚷着去海边洗澡。关鹏说："现在水凉了，洗海澡容易感冒。"姑父说："不怕不怕，我们酒喝多了，冬天也敢骑马背上睡觉。"关鹏不好再劝阻，将炳文唤来，两人开车将一大家子运至海边。段锦问："怎么没开你那辆奥迪？"关鹏支支吾吾道："雨刷器坏了。"

其实那辆奥迪关鹏极少开。平素都停在宿舍后院，上班下班依旧开那辆老桑塔纳。原因是有的，这么年轻，开着辆百八十万的车，同事不定在背后唠叨什么闲话。可老炮兵营长既然买了，又不能不要，只有跟段锦出去兜风购物，才悄悄开上。发动车时也探头探脑，怕被哪个同事撞到。

段锦说："记得六点钟接我们。"

关鹏忙说："尽量，尽量。"

段锦扬了扬眉，想说什么又没说，转身带着姑父他们去买泳衣泳裤。

结果下午五点多主任来找他。主任虽只比他大四五岁，却是个沉稳干练的老江湖。在关鹏印象中，如若天漏了窟窿，主任会悠闲地迈着八字步去超市买胶带纸，断然不会有丝毫慌张。可这次不同，主任脸色阴沉，坐他对面只是抽烟，屋子里满是烟雾。好歹他抬起头，盯着关鹏说："兄弟，哥对不起你，白跟我混这么些年。下午局党组找我谈话了，说给我换个岗，去党办管理资料，待遇还保留着，只是没实职。我倒没什么，不过连累了你，心里难过得很。我担心没准哪天，他们也要拿你开刀。"关鹏沉默良久方道："主任，这么多年了，我最了解你。无论你去了哪儿，或者我去了哪儿，我们还是穿一条开裆裤的铁哥们儿。"主任的眼眶有些湿润，哽咽着说："我明白。这样吧，晚上我们去喝酒。何以解忧？唯有杜康。古人的话总是没错。"

关鹏也不好意思拒绝，心里想着段锦那头，却也不能扔下老主任。忙给段锦打电话，说单位加班，让他们打出租回市里，晚餐也不能陪他们了。段锦说："晚上我就不去你那边了。"关鹏说："好的好的。把姑父他们陪好。别忘了替我敬杯酒！"

那晚主任喝了瓶衡水老白干。关鹏知道主任能喝。据说有次主任陪上面的人吃饭，喝了两瓶茅台，喝了两瓶茅台的主任照样陪客人打牌打到天亮，一句酒话没讲，一件酒事没办。那天两人没任何言语，都心知肚明，此时说什么话都是废话。喝完酒都晚上九点了，主任打了车回家。关鹏赶紧联系段锦。段锦说，姑父他们累了，已睡下，她也没什么精神，正躺床上读书。"我就不过去了，"关鹏舌头都短了，"明天我有急事，你陪他们去极地海洋馆吧。孩子们最喜欢海豚。"段锦沉默了会儿，问道："你是不是有心事？"关鹏说："没什么，单位最近有点儿忙。"段锦又沉默了会儿，说："要真有什么事，尽管跟我说，没准我能帮你的忙。"关鹏嬉笑道："你能帮什么忙？别替我瞎操心，好好教你的书。"

第二天醒来头疼欲裂。关鹏急忙赶到单位，单位也没什么鸟事，平静如风暴眼。难得清闲，关鹏找了本落了尘土的小说，有一搭无一搭地看起来，看着看着想起内蒙古来的客人，忍不住给段锦打电话。段锦说："我们玩得好着呢，你忙你的。"关鹏说："你们要是去森林动物园就跟我说，那里的园长我认识。"段锦说："那个动物园除了绵羊就是黄牛，呼伦贝尔有的是。"

白天清闲，晚上偏又来拨客人，尽管主任已调离，可后勤的事还是关鹏负责，依旧忙如龟孙。回宿舍倒头就坠梦里。醒来时发现段锦坐在床边凝望着他。关鹏拉住她的手问:“什么时候来的?”段锦抽出手拍拍他的脸:“姑父他们明天下午就走了,你陪我送送。”关鹏问道:“才来屁会儿的工夫就走?”段锦说:“他们要带孩子去天安门广场看升旗仪式。下午四点的火车。”关鹏将她搂过来猛亲,段锦推开他,整了整裙子说:“明天记得到学校接我。”

翌日去火车站的路上,段锦突然说:“糟了,忘了给姑父他们买点儿吃的。附近好像有家乐福吧?”关鹏说:“你等我。”他很快就回来了。段锦瞅了瞅,塑料袋里有六根双汇火腿肠、六个乡巴佬茶叶蛋、六瓶“北纬48度”矿泉水,问道:“只买了这些?”关鹏说:“是啊。不够吃吗?七点钟他们就能到北京。”段锦喃喃道:“哦,你想得真周全。”本来关鹏还想买几桶方便面,想想吃不了也会扔掉,何必浪费呢,就说:“那当然。”段锦乜斜他一眼:“我记得旁边超市里土特产也不少,鱿鱼片黄鱼干乌贼肉啥的。”关鹏问道:“你没给姑父他们买吗?”段锦说:“买了。”说完定定地看着关鹏。关鹏说:“咋啦?”段锦想了想说:“没什么。”

亲戚们走后那几天,段锦没怎么联系关鹏。关鹏也没有往心里去,他这头虽风声渐歇,心里那根弦绷得倒比之前更紧。局里已陆陆续续清理大局长的旧部，人事处的处长去了食堂管伙食，监察处的处长下派到分局当副局长，总之都是明降。像关鹏这样没职位的，最担心的就是下派到某个兔子不拉屎的派出所当巡警。他联系了几次主任，主任只是叮嘱他，做最坏的打算，不过年轻人吃点儿苦总是好的，要记得星云大师那句话，吃苦是福。关鹏还能说什么，在办公室如坐针毡，接到段锦电话也没个精气神。那天段锦说，好久没去酒吧了，晚上去玩吧。关鹏倒有些意外，她极少主动张罗去如此喧闹的地方，就说，好啊，我把顾长风也叫上。段锦说，那我把师姐带上，好久没见她。关鹏问，什么师姐？段锦说，大学的闺蜜，以前都在上海读书，现在做酒店呢。关鹏说，怎么没听你念叨过。段锦淡淡地说，她呀，比谁都忙，不是想见就能见到的。

关鹏跟顾长风到得早，碰到了大鸟、胡烈他们。大鸟似乎有什么心事，死劲儿喝酒，偷偷问胡烈，这才知晓，大鸟跟女友分了，本打算十一月底结婚，问题就出在买车上。大鸟想买辆荣威 W5，女友不干，说一辈子结这么次婚，要买辆好车，起码要捷豹 XE 吧。大鸟说车就是代步工具，有辆凑合着用就行。女友说，如果买荣威，那婚也就不必结。本是两人私话，谁知被大鸟父亲知晓。父亲说，那就让她嫁给买捷豹的男人吧，咱们家买不起。大鸟又犯了个错误，把话传给了女友，女友告诉了家里，家里又不干了，说大鸟家有的是钱，买辆破车还要推三阻四，明明是瞧不起我们闺女，这婚不结就不结，再说了，我们家闺女找什么样的找不到？如此如此，再加上亲戚添油加醋煽风点火，大鸟干脆和女友分了。

关鹏说："至于吗？她以后到哪里找大鸟这么好的富二代？有钱不乱花，颜值高不乱搞。真是傻×一个。"胡烈似乎颇为感慨，说："现在的姑娘，老觉得全世界都对不起她，老觉得全世界都是她的。"瞅了瞅"黑寡妇"，"嘿嘿"笑着，说："像我女朋友这样视金钱为粪土的，还真是快绝迹了。"关鹏就去看港务局的女会计，看着看着难免羡慕起胡烈来。

关鹏喝得有点儿晕乎，见到段锦进来时忙晃晃悠悠站起来迎接。段锦说："快来拜见我师姐。"关鹏就去看女人，一看不打紧，头先炸开去。那女人见了关鹏也是愣住，盯着关鹏看。段锦说："大眼瞪小眼的，怎么，你们认识啊？"关鹏忙摇了摇头，师姐笑了笑，说："你男朋友长得可真像那个明星，叫什么来着？'跑男'里的，对，郑恺。"段锦说："他可比郑恺帅多了。"

师姐入座，时不时瞥眼关鹏，关鹏忙低头倒酒。她怎会是段锦师姐？他跟她早就相识，有段时间单位来了贵客，都住富丽华酒店。女人就是富丽华酒店的前台经理。关鹏那时到办公室不久，常办漏兜的事，女人帮他打过几次圆场。关鹏难免对她微生好感。她是那种男人看过一眼就永远忘不了的女人，说美艳呢，端庄起来堪比圣母马利亚，说端庄呢，眼风扫过尽是春水微澜。有次结账后，关鹏笑着说请她吃饭，她也没拒绝。在海边的山庄，他们喝了三瓶波尔多红酒。与电视剧里老套的情节无异，他们睡了，关鹏一直认为那次是睡女人睡得最爽的。后来两人也交往过，她很喜欢关鹏。不过关鹏做了些调查，发现她情史杂乱，又约了几次后对她说，还是做朋友吧，友情远比恋情长久。他记得说这话时是在家火锅店，羊蝎子冒着浓烈的膻味，水汽像雾霭般将两人笼罩，根本看不清彼此眉眼。从坐下到离开她一直没说话。关鹏这才知道，世界上最有力气的动物不是大象，不是雄狮，也不是抹香鲸，而是沉默不语的女人。

没想到如今在此相遇，更没想到，她竟是段锦师姐。酒意骤无，话也不敢多说，坐段锦与师姐对面，眼风却笼着胡烈、大鸟那桌。段锦说："你呀，心不在焉。要想喝酒，就去找那帮狐朋狗友吧。"关鹏如获大赦，嘴上却道："我怎么舍得？丢下两个美女，简直是犯罪。"段锦说："随你便吧。"关鹏立马正襟危坐，脸上砌笑目视着段锦。冷不丁扫到师姐貌似哀怨的目光，只得低头小酌。段锦和师姐在嘈杂的音乐声中窃窃私语，时不时同时抬头扫关鹏一眼，扫得关鹏心如鹿撞。还好，过不多时师姐起身辞别，她说，相聚时难别亦难，酒店里还有点儿要紧事，要先行告退了。段锦嗔怪道："你啊你，总是这样，这心刚热乎，就幽灵般飘走了。"师姐说："哪里有女人老恬不知耻当灯泡的呢？等哪天大家都空闲，到我们酒店里喝。我好多年没醉过，倒真想好好醉一场。"段锦说："也好。"

师姐走了，段锦默然跟关鹏喝了几杯血腥玛丽，说："我这师姐，大学跟我一个宿舍，最是贴心。人长得美，又挑剔，一晃到现在也没嫁出去。"

关鹏皮笑肉不笑。

段锦说："你们单位要是有合适的，不妨给她介绍介绍。"

关鹏说："我们这清水衙门，全是糙爷们儿，有品有位的师姐，哪里瞧得上眼？"

段锦说："你倒是很了解师姐呢。"

关鹏说："天下美女的心思，全都差不多。"

两人边说边走出酒吧，在关鹏那辆车旁停住。段锦摸着车门说："这辆车是贷款买的啊？"

关鹏说："谁讲的？我老爸卖了处拆迁房呢。"

段锦笑吟吟地望着他，半晌才说："上次跟你回老家，阿姨说，车款只是交了首付，叔叔每个月要还贷的。"

关鹏不禁皱了皱眉，一时无语。转念一想，段锦说得也不无道理。县城里一处拆迁房，也就四五十万的价钱，还真只够付个首付。自己倒从没想过这个问题，就说："管他呢。老爷子的心意我也不能辜负。日后有了钱，我也给他买辆好车。"又说："你闭上眼睛，我有礼物送你。"段锦眯眼看他，关鹏说："小狐狸，听话。"段锦闭了眼。关鹏从包里掏出件东西塞她手心。等她睁开眼，却是枚黄金十字架，在微光浸润下尤为闪亮扎眼，不禁"啊"了声，说道："你怎么……"关鹏将她揽入怀中，吻得她半个字也哼不出。她搡开他，将十字架在手里翻来覆去地瞅，"你真是有心，后面还刻了我的名字。"关鹏说："姑父来时，说你小时候在教堂受过洗，那天路过金店，就特意定制了这枚十字架。也不知道你是否喜欢。"段锦又将十字架把玩一番，犹豫着戴到脖子上，喃喃道："其实……"关鹏"嘿嘿"笑着，说：

“其实我们该回家了。”

回到宿舍，难免巫山云雨。关鹏兴致高涨，段锦却颇意兴阑珊。关鹏打她身上翻落，她也只在黑暗中看他抽烟。“以后少抽烟，老了，肺就成了破蛛网。”她将灯打开，俯身凝望着关鹏，关鹏将烟雾喷到她嘴里，她也没有如往常般拧他耳垂，只是说：“我倒是想看看你收藏的那些钢铁侠呢。”关鹏说：“黑灯瞎火，有什么好看。不如好好看我。”说罢屈臂展示肱二头肌，段锦嫣然一笑，从床上跳下，搬了凳子去够。或是太沉，怎么也没搬动，干脆从凳上下来，手里抓着把烟花。关鹏已然忘记何时买的，段锦呆呆地说：“我们去放烟花吧。很多年没放过了。”边说边用抹布将上面的灰尘抹掉。关鹏说：“半夜三更去放烟花？”段锦说：“是啊。也不用走太远，附近不是明德广场吗？”关鹏叼着烟屁股假装恨恨地瞪她一眼，说：“唉，良辰美景本应颠鸾倒凤，却要无故去受风寒。”段锦说：“就这一次，以后也不会有了。”关鹏说：“那不行。以后我们有了孩子，逢年过节，都要一起放烟花。”段锦笑了笑，没说别的，只用手轻柔地蹭着烟花细杆。

是小跑着去的。广场除了他俩再无旁人。关鹏用火柴将芯子引着，段锦一手抓杆，一手捂住自己左耳。

关鹏说:“别怕,只是烟花,又不是鞭炮。”段锦不听,依然那般姿势。广场上灯光灰暗,耳畔有咸风号走,关鹏看着银白色烟花柔曼地喷涌,于风中摇曳盛开,随即消散开去,星星点点伴着“刺啦”细响。段锦笑得清澈,后来忍不住跳跃挥舞起来,宛若孩童,烟花也随之雀跃流离,将夜风划开一道又一道口子。放完了一支,关鹏说:“我们不如去角落里,那样烟花才更美。”段锦咬着下唇说:“算了吧,我还是喜欢在明亮的地方放烟花。颜色单调是单调,心里却安稳。”关鹏说:“傻丫头,总是跟别人想得格路。”段锦也不搭理他,径自又引一支,将手臂高高擎起,关鹏仰头,看那烟花被风吹得一路飘摇,竟有些痴了。很快烟花燃尽,关鹏将段锦裹进自己夹克衫里。段锦一直不停哆嗦,不晓得是寒风侵袭,还是兴奋难平。不禁将脸贴至她耳畔,却听她念诵道:“桃花落尽满阶红……后夜再翻花上锦,不愁零乱向东风。”就问:“你说什么呢?”

段锦淡淡地说:“没什么。几句酸词腐句而已。”

关鹏如幼犬嗅骨般闻着她发香,说:“甭给我转词,要记得跟粗人说粗话。”

段锦未应,关鹏却察觉到她在轻推自己。当她转过身仰望着关鹏时,关鹏见她眼中似有泪光,不禁埋怨道:"×,没想到你这么多愁善感呢。"

段锦的嘴唇翕张数次,这才缓缓说道:"关鹏……我们分手吧。"

关鹏将耳朵侧过,问道:"你说什么?"

段锦说:"我们分手吧。"

关鹏傻盯着她。她从脖颈上摘下十字架,想了想,塞给关鹏,说:"送给别的好姑娘吧。"

关鹏一句话都说不出,近乎粗野地将十字架套上她脖颈。她没有反抗,任关鹏将十字架塞进内衣。等他大口喘息着横眼瞥她,她只是随手捋了捋被夜风吹乱的头发。发梢上全是烟花的碎屑。

麋 鹿

关鹏一直后悔那晚眼睁睁地看着段锦离开。夜那么深,出租车也少,他为何没开车将她送回学校?他坐在明德广场的台阶上闷头抽烟，呛得自己咳嗽不已。有那么片刻,他凝视着段锦渐形黑小的身影,眼前除了朱玉碎片,再无旁物。当段锦拐弯时,他猛然站起狂奔过去,风割双耳却万籁俱寂,仿若他在深海区游泳一般。他看着段锦离自己越来越近,恰在此时,走过来一干人马,不是别人,正是此区的巡警。他们一般都在下半夜巡逻。他不由自主地将脚步缓下。等这干人走远,再去寻段锦踪迹,已如黑鸟入夜。不禁坐到马路牙子上,又猛抽了几支烟,想那段锦为何突然提出分手。就这么白牙露红唇启,将过去抹得干干净净,一走了之?思来想去仍然莫名,打段锦的电话,通是通了,没人应答而已。如此反复数次,心就越发荒凉。回住处取了车，直开到段锦楼下。敲门半天，悄无声息。就想，像段锦这么聪明的，怎会猜度不到他如此这般，肯定是去别处借宿了。心扭成麻绳，怏怏回了宿舍。躺在床上如被旺火烹炸之鱼，满肚子的怒气无奈。翻过来翻过去，天似乎快亮了。他开上车，又跑了趟段锦的宿舍，猛擂房门，不一会儿对面探出头来，骂道，神经病吗？半点儿公德心都没有！关鹏怒气冲冲地瞪那人一眼，那人轻手轻脚关了门，门缝里遂又传出嘀咕声，警察有什么牛×的！

警察能有什么牛×的呢？连个女人都搞不定。关鹏只得又回住所，站窗前看那光亮膨胀蔓延，旭日东升，霞光凛冽。匆忙洗脸赶往单位。单位又要开会，布置最末季度任务事宜。其间他溜到厕所，战战兢兢拨通那号码，遗憾的是又传来熟悉的铃声。他想，说不定段锦也在纠结懊悔中，没准中午会主动联系自己。待到中午，倒真是接到了电话，不过不是段锦，而是顾长风。顾长风说晚上要请他和段锦吃饭。他最近炒股，小赚一笔，因而将饭订在了最豪华的金鼎轩。关鹏有气无力地应付着他，脑子里满是段锦。

下午跟领导请了假，去了趟大学。他知道今天下午阶梯教室有段锦的课。结果却是位白发老先生。老先生说，段锦跟学校请了长假，说家里有事，回了内蒙古。关鹏道了声谢，蔫头蔫脑踅回车里，瓷眼望着银杏树的叶子。自己哪里犯了大错，让段锦如此决绝？她那么聪慧宽厚，如果是小错，断不会这样果断。两人相处数月，脾气都摸得透，自己也没有过什么难堪可隐瞒。想到这里突然念及师姐。段锦带师姐跟自己见面，是什么用意？难道她知道了自己和师姐的关系，这才让两人相见以辨虚实？可忆起那晚场景，除了略显尴尬，也没说什么错话。即便她知晓了，那又如何？谁的旧爱不是他人新欢？越想越乱，越乱越想，然后猛地察觉，那弱小的、让人不安的、如彗星般扫过的阴影似乎曾在他脑海中迂回游动。从接到那条莫名其妙的短信开始，一种不祥的预感就如夜之鸮鸣萦绕不散。他翻出手机，扫了眼中午收到的短信：

“你会后悔的，关。”

即便如今，他也没有后悔过。如果说，此前几年的单身生活是雾霾之都偶然的几次放晴，那么认识段锦之后，几乎日日是海南岛绵延的晴空。她毫无缘由地离开自己，又玩起失踪，难道有难言之隐？到了晚上，昏昏沉沉去赴约。除了顾长风，当然少不了盈盈，这次顾长风还叫上了炳文。也难怪，他早把炳文当成自家的男保姆了。盈盈似有心事，菜没吃，酒也未喝，不时拿眼风扫关鹏，欲语还休，关鹏也没心思去猜度。见到顾长风倒是愣住。这家伙一身名牌，手腕上还戴着块价值不菲的名表。顾长风见他那副嘴脸，忙讪讪地说，偶然认识一哥们儿，是股市操盘手，透露不少内部消息，今年股市行情大好，于是挣了些零花钱。关鹏低头饮酒，也懒得听他絮叨，喝着喝着晕乎起来，撑着双臂想站立，不承想腿脚绵软跌坐椅上。他恍惚着想，妈的，自己一定是生病了。

果真就在医院躺了数天。也不晓得是否昨晚受了风寒，发烧咳嗽拉肚子，顽固不退。顾长风看护两天，又是验血验尿，又是心电图胸透，忙得四脚朝天，只得暗地里通报给老林黛玉。老林黛玉和老炮兵营长连夜赶来，见关鹏脸颊苍瘪，难免黯然。关鹏自小皮实，还真没患过灾病，大不了感冒，药也不吃，打几场篮球出几身臭汗，小恙即安。那天顾长风探病，关鹏将老林黛玉和老炮兵营长支走，断断续续跟顾长风说了段锦的事。顾长风大惊，说："你们郎才女貌，神仙眷侣的，咋会变成这样？你是不是做了亏心事？"关鹏苦笑一声说："我堂堂正正，能做什么亏心事？"又瞥顾长风一眼。"做亏心事的是你吧？你那块浪琴手表，从哪儿偷来的？”顾长风嬉笑着说：“朋友送的。”关鹏说：“你又说你炒股赚了钱，可你哪里来的本钱？巧妇还难为无米之炊呢。”顾长风沉默了会儿，仍嬉笑着说：“我们从小光屁股长大，你不是不知道，我向来胆小怕事，违法的事从来不沾。”不待关鹏再追问又匆忙道：“我又该做脑电图了，先不陪你了。老话说得好，天涯何处无芳草。分就分吧，总有好麦穗在后头。”

关鹏问：“什么脑电图？”

顾长风笑笑说：“没什么。”

关鹏没跟父母谈段锦的事，可住院这几天，段锦一次没来，老林黛玉和老炮兵营长再迟钝，也难免心生疑窦。那天输完液，老林黛玉边给他按摩手腕边漫不经心地问：“段锦出差了吗？”关鹏湿巴着眼不吭声。这时老炮兵营长问：“儿子你说实话，是不是你们出了问题？”关鹏挣扎着起身，说：“我们分了。”

老林黛玉和老炮兵营长对视一眼，未再盘问。待到下午，老林黛玉说：“妈是过来人。你要真放不下，就豁出脸皮死缠烂打，软磨硬泡。女人家，最大的缺点就是心软。”又说：“要是放得下，就别再想陈芝麻烂谷子。你条件好，就是天上的仙女，都恨不得嫁给你。我刚和你姑姥姥通了话，她说有个高速公路上的收费员，漂亮又贤惠，要不先见上一面？”关鹏将头摇得如龙睛鱼尾。老林黛玉说：“唉，不过段锦这孩子，倒真是懂事。”关鹏心一阵绞痛，老炮兵营长使个眼色，老林黛玉忙借口买水果出去。老炮兵营长说：“儿子，你把段锦电话给我，我想跟她当面谈谈。”关鹏说：“我的事我来处理。放心吧。”老炮兵营长站立一旁，搓着手似有心事，半晌才磕磕巴巴地说：“儿子，哪天我带你去把包皮割了吧。”

关鹏一时无语。他小时候确实是包茎。那时老炮兵营长从部队回来，最喜欢给他洗澡。“没事的，”关鹏低头嗫嚅道，“不影响。真的不影响的。”

老炮兵营长讪讪地将一把棒棒糖塞他枕下转身走了。关鹏偷偷剥了支含嘴里，明明是最喜欢的荔枝味道，尝起来却是苦的。

其实这些天他一直给段锦打电话，可都是失落。看来段锦已然铁了心。有时他盯着房顶想着与她的点滴过往，总想号啕一场。可这把年岁，又怕被医生护士听到，更怕惹老林黛玉和老炮兵营长神伤。好歹出了院，老林黛玉和老炮兵营长元神归位，他也到单位上班。这些时日，单位仍是惊魂未定，老局长未肃清的旧部仍如惊弓之鸟。他懒洋洋地处理着日常旧务，不慌不忙,心也渐渐澄明。那天他接到老主任电话。老主任说:"有两件事想告诉你,一件好,一件坏,你想先听哪个?"关鹏笑着说:"我都这操行了,还能有什么好事。"老主任说:"那我就先说好事。我表妹有个同事,在街道办事处工作,淑女一枚,要不要见见?"关鹏说:"坏事呢?"老主任沉吟片刻说:"我听到私下里消息说,这次又有一批人被下放,你呢,被分配到官营派出所了。"

官营派出所是最偏僻的所,开车到市里尚要四十分钟。关鹏说:"我还是先考虑考虑工作吧。"老主任说:"也好也好。越偏远的所越锻炼人,你还年轻,有的是机会。"

虽被贬到派出所当巡警,介绍对象的却没少。闲极无聊也联系了几位。有个某区宣传部的干事,在电话里问了他的学历专业,又问了他身高体重,戴不戴眼镜之类,还要了他的照片。后来说,觉得两人气质不符。关鹏有点儿生气,说,那好歹也让我看看你模样吧?那姑娘倒也大方,迅速将照片传来。关鹏一见不禁哑然失笑,照片上的人,从面相上根本看不出是男人还是女人,好像还是兜齿。还有某小学教师,在电话里问了他幼儿园的毕业成绩、小学的毕业成绩、中学的毕业成绩、大学的毕业成绩、工作后有没有立过三等功，还问了问他最喜欢什么动画片，最后也不了了之。关鹏自嘲，如果不说是《圣斗士星矢》，而说是《熊出没》，会不会就成了？如是几番便彻底没了兴致。那天去超市购物，忽然一位女孩远远跑过来搭讪，却是王美琳。王美琳倒没什么变化，只是睫毛膏比以前打得更重，看上去成熟些许。王美琳用一种怜悯的神色打量关鹏一番，支支吾吾道："有件事我……我不知道该说不该说。"

关鹏说："怎么，三万块钱花完了吗？"

王美琳白着眼说："你怎么变得这么刻薄？我们虽然分了手，可还是拿你当朋友。你们的事，我可半个字都没跟别人说过。"

关鹏就笑。笑是一种没有副作用的镇静剂。

王美琳说："那天我在商场见到了顾长风……就是你那个男朋友。"

关鹏"咦"了声，道："他怎么了？"

王美琳说："唉，我没想到男人和男人在一起，也喜欢跑偏。那天他挽着个珠光宝气的女人买衣服。那女人啊，没五十岁也有四十岁了。"

关鹏说："这有什么稀奇的？陪朋友逛街呗。"

王美琳说:“你知道一起买什么吗?乳罩啊。他怎么能这样对你呢?”

关鹏想了想说:“我跟他分手了。”

难免有些担忧顾长风,不知道这家伙玩什么幺蛾子。想哪天定要跟他好好聊聊。东西还未买全,就接到老主任电话,老主任说,上次提到的那个姑娘,人家催了,问要不要碰碰面,也是好几户人家排队呢。关鹏说,主任你就做主吧。

第一次见面他去晚了。刚接了件棘手的案子,几位女大学生援交,在辖区的小旅馆被抓。到达茶馆时,他远远看到老主任正背对他跟一位中年妇女聊天。那个面目模糊的女人有头蓬松乌黑的头发,这让关鹏有种错觉,仿佛女人的身体跟空气没了界限,随时都会被吸入到一个黑洞里,而他在前行的过程中,女人的轮廓却越来越亮,从看清她黑沉沉的眼袋到看清她眼角被脂粉涂盖的皱纹,心情才豁然起来。他跟老主任打了招呼,又跟女人握手。眼光游离时才发现,中年妇女身边坐着个女孩。他很惊讶刚才进来时没瞅到她。也许,是恰巧她头上的灯光太暗,抑或是她母亲庞大的身坯将本就羸弱的她挤成了可有可无的影子。

“你好,我是米露。”她欠身,朝关鹏点了点头。她有些羞怯，仿佛躲在树桩后的麋鹿。他不禁朝她咧嘴笑了笑。

那顿下午茶，基本上是例行公事的下午茶。米露母亲肯定带女儿相亲无数，问题演习多了，难免延伸出某种略显疲惫的惯性。比如她问了关鹏的家庭情况，父母的职业啊，年龄啊，家庭成员啊，他是哪里毕业的啊……关鹏盯着中年妇女一一作答。后来他干脆不等问询就主动说下去，他觉得这样会让这个女人歇息会儿。说实话，她干燥、浓重的鼻音让他有种被审讯的感觉。他说，他上班时间不长，只有五年；他说，他在北区买了处楼房，还没装修，不过面积不大，只有九十平方米；他说，他工资不高，如果不算奖金，只有五千来块……在他平静地介绍自己时，留意到女人的眼神越来越冷淡。她甚至有些走神，望着黄色桌布上的一块铜钱大的油渍。她那头蓬松的头发上栖了只苍蝇。关鹏看到那只苍蝇安静地舔着毛茸茸的纤腿。

“时间不早，我们先回去了，”女人白了女儿一眼，“你晚上瑜伽馆不是还有课吗？”

关鹏刚知道米露除了白天在东区的街道办事处上班，晚上还在一家瑜伽馆当教练。

老主任瞥了关鹏一眼，关鹏犹豫着说：“阿姨，我送送你们吧。”

“不用了，”女人仰着下颏说，“我们自己开车来的。”

女人的语气有些意料中的生硬。关鹏扭头去看缩在女人身后的米露。米露只是垂着头。

在胡同口倒车时，一辆红色轿车从他那辆 Q7 旁缓缓蹭了过去，无疑是米露母女。又瞅到老主任正开着车窗抽烟，就摇下玻璃按了按喇叭。老主任见到他很是吃惊，摆了摆手大声喊道：“×，啥时候买的新车？中彩票了？”

十五分钟后，他接到老主任的电话。他说，米露的母亲对他挺满意，希望他跟米露先处段时间，待会儿就把米露的手机号发过来。“好好把握机会啊。”老主任叮嘱道，“别忘过年了，给我买条猪背腿！”

吃　货

然而也只是见了一面而已，再无联系。说实话没什么心气。脑子里想的净是段锦。那天他开车偷偷去教工宿舍，正碰到段锦在楼下晾衣。天那么凉，段锦穿着件宽松的白衬衣，下身裹条咖啡色长裙，脚上是双拖鞋。难道她不冷？关鹏真想将她冰凉的脚趾焐在自己胸口暖一暖。他闷头抽了支烟，再抬头时段锦已端着洗衣盆往楼道里走。他打开车门追了过去，可追了几步就停住，仿佛谁在背后猛力扯住他。他想，看样子她过得很好，晾衣服时嘴唇翕动，无疑是哼着歌谣。她过得好，说明她早已经不在乎自己，即便如老林黛玉所言，一味死缠烂打，又有什么意思？他开始还怀疑段锦是否与那个一起看芭蕾舞剧的男人重修旧好，可这几天仍收到那条骚扰短信，看来男人也未曾知道他跟段锦分手。回来将自己和段锦的往来短信和通话记录全部删除,又将段锦遗留在自己房间的长筒丝袜和化妆品扔进垃圾箱。暗自思忖,段锦会不会也将那枚金十字架扔了?站了片刻,恍惚着将丝袜和化妆品弯腰捡出,扔进盛钢铁侠的箱子。想到那天晚上段锦站在凳子上搬箱子,心又疼了下。再看看那些神色形态各异的钢铁侠,已经很久没留意过它们了。虽短短几个月,却仿若星移物换,已多少年头。

那天局里开大会,让全体干警参加。开完会已是下午,没回所里,在街上转了转。想起来手机摔坏了,就跑到电子城。电子城门口长年累月躺着个乞丐,刚将车停好,便看到有个姑娘正往罐子里扔钱,转身离开时可能绊到了石头,一个趔趄跌在路边。关鹏忙大踏步走过去,将她搀扶起来。姑娘刚说了声"谢谢",倏尔又道:"关鹏?"

关鹏定睛一看,面熟得很,一时又有些恍惚。

那姑娘又说道:"我们喝过下午茶啊。"

关鹏说:"你是米露?"

米露笑了笑。

关鹏说:"好久未见啊。"

米露又是笑了笑。

说实话关鹏有些愧疚。自己当时对段锦耿耿于怀，米露虽留了手机号码，却从来没有联络，委实失礼。就说："有空没？一起喝杯咖啡？相请不如偶遇啊。"

米露垂头，然后点点头。这样在初冬的下午，这两个相过亲的人重新面对面地坐到桌子的这头和那头。这座城，一到了冬天，就像是美人患病掉光了头发，萧瑟愁苦。咖啡馆里也没几个顾客。他们靠窗坐了，各自点了杯拿铁。音乐放的是李志的歌，先是《春末的南方城市》，后是《和你在一起》，再是《你离开了南京，从此没有人和我说话》，恰恰都是他喜欢的，越听越黯然。米露也不说话。一杯拿铁喝完，关鹏看了眼米露。米露穿了件米黄色高领衫，梳的马尾辫，整个人缩在灯光照不到的暗处。即便如此，她的额头仍然光洁如蛋清。她一直盯着那块素色的桌布，不时伸手摸摸上面凸起的花朵。似乎花朵时不时变成火焰，手指被火烫着般缩到唇边，轻轻吹上一吹。

是她孩童般的动作打动了他，还是民谣忧伤的旋律打动了他？关鹏已经说不清楚了。他素来最厌恶伤感主义，他喜欢的是干练实用的经验主义。可那天下午，那个与米露面对面喝咖啡的下午，他突然滔滔不绝地讲起话来。他讲到小时候父亲当兵，每次回家都会给他买果丹皮；他讲到喜欢圣斗士星矢玩具，曾经偷过伙伴的阿布罗狄；他讲到初中时曾经跟顾长风反目成仇，因为顾长风找了个名声不好的女孩；他讲到高中被母亲强行拆散的女朋友，她有两颗尖尖的吸血鬼般的虎牙；他讲到大学时军训，被教官罚了三个小时的军姿，他咬着牙愣没倒下；他讲到工作后总被一位老同志为难，后来闹清楚是有次吃饭，他从桌上拿走了唯一的那盒中华烟；他讲到到了官营派出所后，同志们都对他事事提防，似乎他是个携带病菌的感染者……

在他说话的时候，米露也是低着头的，间或抬起头，迅速瞥他一眼，然后静静转动着手里的咖啡杯。她乖巧恬静的样子似乎更加激发了他说话的欲望。当他偶尔看到窗外暮色已起，灯火阑珊时，这才问了句："不如，我们一起吃晚餐吧？"

米露说："出来这么久了。"

关鹏说："是啊。没想到碰上我这个话痨吧？你喜欢吃海鲜吗？我们去海边吧。"

米露站起来，靠着窗台看着关鹏。关鹏极少看到如此宁静的瞳孔。

他们先开车到海边走了走。海边散步是正餐最好的开胃酒。风很大，两个人沿着海岸线走。海岸线那么长,黑暗一步一步被抛在身后,松软潮湿的沙粒不时灌进鞋子。米露只穿了件毛衣,关鹏将自己的警服披到她身上。她没有拒绝,紧了紧领子。耳畔唯有波涛的呻吟。他们也谁都没吭声。有那么片刻,关鹏觉得是在跟自己的那件警服散步,风吹得满面细沙,他时不时回头张望米露一眼。远处灯塔的光芒隐隐地晕在米露脸上,让她的目光笼了层动人的羞涩。关鹏又想到和王美琳的那个初夏夜晚,他们也如此漫步,只不过王美琳是只喧闹的鸟罢了,而段锦从来没有跟他来过海边。他为何从来没有约段锦来过海边呢?他皱了皱眉,回头疑惑地看米露。米露说:“有点儿冷。”

关鹏本来点了红酒,米露说:“知法犯法。”红酒就没启。待开车送米露到家,已月上柳梢。关鹏问:“你平时忙不忙?”米露摇摇头。关鹏说:“我们以后没事了,就出去溜达溜达吧,闲着也是闲着。”米露点点头。关鹏问:“你妈知道你跟我出来吗?”米露笑了。关鹏搔搔头说:“这个礼拜六你要有空,我们到‘盛世’吃极品海鲜煲吧,韩国的料理师呢。”米露说:“好。”

果真去吃了海鲜煲。米露不如何说话,吃起东西来倒还尽兴。这样他们很快就将这座城市的美食吃了个遍。米露话少,面目极少有表情,只有吃饭了,五官才生动活泼起来，眼睛盯着热气腾腾的食物，嘴唇抿得紧紧的，在食物入口的刹那，她的瞳孔会瞬息肿胀，仿佛久未享受饕餮大餐的美食家终于吃到了传说中的佳肴，而实际上入口的，无非是块铁板豆腐而已。关鹏想，找个话少、爱吃、能吃的女人当老婆也是个不错的选择。这次他放弃了经验主义，在他看来，经验主义已经在很大程度上妨碍了恋爱的进程，更多时候，它会将一个人带到理性主义的泥淖：能做什么，或不能做什么，甚或是做到一半发觉不能做什么，其实都是僵化的、一成不变的思维定式。他没有如往常般去查米露的背景，米露是真实的、动态的、形而下的，她的眼睛一分钟眨十二次，比标准值少三次；她的脖子大概有十一厘米长，超出标准值两厘米；她左手的小拇指还比右手的小拇指短十毫米……至于她的父母从事什么职业、她谈过多少次恋爱、有无隔代遗传疾病，都是无所谓的、虚无的问题。只要看着她甜美、庄重地吃东西，看着她少女般单薄的身躯下意识地隐藏到暗影中去，关鹏的荷尔蒙就会骤升。

那个周末他们在关鹏宿舍做蛤蜊丝瓜牛奶汤，两人正在商量要不要加蚝油，关鹏接到了一个电话。电话是区公安局打过来的，一个语速缓慢的警察问，是关鹏同志吗？有空的话来我们这里一趟。关鹏很是好奇，不禁问道，你是哪位？对方说，我们开会见过的，你在办公室的时候，还来我们这里做过调研。关鹏问，今天正忙，过两天去行吗？对方沉吟片刻说，咱们都是自家人，我也就不说暗话。段锦是你前女友吧？她失踪二十多天了，学校报了警。前几天在月亮湾发现了具尸体，经过法医鉴定和亲属认定，我们已经确认是她。你要是不忙，我们想咨询些事情，顺便做下笔录。

手里的蚝油瓶就掉在灶台上，碎了，厨房里满是腥气。

其实只是象征性地做笔录而已，比如何时分的手，分手后有无联络，最近一次见到段锦是在何时何地，有无其他线索和怀疑人，等等。关鹏只是呆呆地坐在椅子上，别人问什么，他就回答什么。后来那位同志说，关鹏啊，我看你也挺伤心的，快回去吧。你也别介意，我们这是法定手续，你是明白的。关鹏站起来，盯着对方说，如果还有什么要问讯的，尽管找我，如果你们找到了凶手，也一定要告诉我。

回到宿舍，蛤蜊丝瓜牛奶汤已盛好上桌，米露正在用高压锅炖肉。见关鹏进来也没说话，只是盛了碗汤摆到他面前。汤有点儿凉，白色乳汁上漂着星油花。

米露站在他背后问,热一热吗?关鹏忽而转身抱住她。她那么单薄,宛若十六岁少女。没事吧?米露细声细气地问道,乌贼炖肉马上要出锅了,洗手吃饭吧。关鹏仍死死地钳箍住她,后来米露说,累了,就先睡会儿。关鹏这才踉踉跄跄回了房间,躺在床上动也不动。不久米露蹑手蹑脚地过来,替他脱了鞋袜,又探手摸了摸他的额头,喃喃道,有点儿热呢,我给你冲杯板蓝根。关鹏一把拽住她的小手,将她拉到自己胸膛上。米露说,大白天的……他迷迷瞪瞪扒掉她的外套和裤子,甩到床头,猛地就进入了她。她嘴里还嚼着粒蛤蜊,满嘴的腥凉之气,关鹏也不管不顾。他小心地起伏着,米露说,我在那本《美食大全》上,又看到一道好菜,叫貉子乌鸡炖当归。貉子肉味儿土腥,乌鸡正好能解,如果配上定西的当归、章丘的大葱、西宁枸杞和铜陵的白姜,既滋阴壮阳又安神养眠……关鹏狠狠嘬住了她的嘴唇。

安　眠

段锦的事，区局再也没找过关鹏。关鹏本来想私底下找几个铁哥们儿问问案情进展如何，可思来想去也就罢了。有时深夜巡逻，便想起分手的那个夜晚，段锦在明德广场放烟花。那晚风大，白色烟花很快被夜风吹得四处飘逸。他还记得她的发梢上，全是烟花碎屑。

这桩案件在本市很是轰动，多家小报都曾经做过专题报道。毕竟是座小城，一位貌美的大学女教师离奇失踪死亡，倒真是不错的饭后谈资。他听人家说，宿舍楼的人最后一次见到段锦时，她是穿着睡衣跑下去的，匆匆忙忙上了辆红色出租车，之后就再也没回来。坊间有传言说是情杀，也有传言说是劫色，无论哪种说法，段锦都被塑造成一个无辜的受害者，这让关鹏多少有些心安。他曾经查过骚扰短信，十天之前还能收到，那时段锦早就遇害，说明发短信的人不是凶手，也就是说，那个颇为神秘的段锦前男友，应该不是嫌疑人了。在他的意识里，那条傻×短信就是她前男友发过来的。关鹏还记得他的车牌号，也曾经考虑过是否将号码告诉专案组，或者自己私下里去查查，想了想，此时多一事不如少一事。如果显得过分关注此案，反倒有可能引火烧身。自己本来已是虎落平阳，何苦还要防备别人从身后捅上一刀？

倒是将老林黛玉和老炮兵营长请来，跟米露见了面。老林黛玉盛装出席，穿了件枣红对襟描金唐装，绾了高高发髻，还打了腮红，看上去倒比米露艳光四射。老炮兵营长套了身青色中山装，在关鹏印象里，只在表哥婚礼时穿过一次。无疑他们对米露甚是满意，当场送了米露一枚白金戒指，说是老家风俗，算是头次见面的薄礼。关鹏焉能不明白他们的心思？无非又是把满腔热情全押宝般押在了米露身上。米露也未推辞，大大方方接过去，道了声谢，就直接戴在了无名指上。老林黛玉就笑得更为灿然，眼角的皱纹几乎都要从脸上挤下。老炮兵营长也很是开怀，自斟自饮了两盅白酒，临休息时还郑重地拍了拍关鹏肩膀说："你这孩子眼光不错。真是虎父无犬子，强将手下无弱兵。"

仍是带着米露四处吃吃喝喝。有时也陪米露去瑜伽馆。所谓瑜伽馆，只是租了某处学校的几间废弃仓库，学员全是半老徐娘。有回关鹏先去执行任务，再去接米露。他从窗户外偷着瞅了几眼。米露穿着芭蕾舞者才穿的练功服做示范动作。她双手撑住地板，两条纤弱的腿盘在胳膊上，仿若观音坐莲。关鹏想，这个喜欢吃也喜欢瑜伽的姑娘，兴许就是那个他等了这些年的人？此时便又念起段锦，念起她的种种，鼻子难免发酸，只得逼迫自己将目光死死盯在米露身上。

然而还是忍不住想段锦的事。那天他在内部网上，不知怎么就莫名其妙搜索起段锦的个人信息。这个系统是个巨大的搜索引擎，全国联网，只需输入个人身份证号，此人所有信息就会一览无遗：比如何年何月何日刷过信用卡，何年何月何日住过酒店，何年何月何日购过房屋。关于段锦的信息极少，除了在商场购买过家电，几乎没有别的信息。他托着腮帮，百无聊赖又随手输入一个身份证号，等他意识到那是米露时，不禁摇头笑了笑。不过还是顺手点了下鼠标。他本来正在喝茶，当网页上一条条记录滚动起来时，他不得不放下了手中的杯子。

米露竟然在两年里住过三十六次酒店。

她为何如此频繁出入酒店?只是街道办事处的普通职员而已,平时又极少外出参会。酒店基本上是同一家酒店,钟点房。关鹏百思不得其解,蓦然想起头次相亲的情景,当她母亲听说他只是个收入不高的普通警员时,眼里满是冷淡之色,也没有留联系号码,只是当见到自己开的那辆轿车时,才将电话号码发过来……内心又是狐疑又是郁闷,便给米露打电话问个究竟。米露说:"有事吗?"她的声音轻柔,又仿佛能渗出蜜糖。关鹏心就软了,说:"晚上有空没?我们去酒吧。"米露说:"好。"

那晚在酒吧,关鹏遇到了大鸟,大鸟对他一通埋怨,问他为何好久不来耍。关鹏说,我们这些苦×警察,天天为人民服务,哪里像你们这帮闲人,活着就是吃喝玩乐,纸醉金迷。大鸟说,眼瞅着年根儿了,你们也不歇歇吗?关鹏说,到了年根儿,贼忙,我们更忙。睃巡一圈不见胡烈,就问,胡烈呢?大鸟惊讶地说道,你真不晓得?胡烈把公司的高管职位辞掉,在婺源买了处民居,带女朋友隐居了。听说在那里开了家客栈,又是种田又是养花的。关鹏有些讶异,艳羡道,"黑寡妇"也辞职了?大鸟说,什么"黑寡妇""白寡妇",快把这杯"大都会"喝了!

酒是喝了不少,想问米露的问题却始终没问。米露酒量好,不过也不乱喝。后来跟大鸟他们玩起掷骰子。关鹏迷迷糊糊地看着米露想,她开过三十六次房又如何?即便她真的曾跟男人胡搞,也只是过去的事。她如今对我好,我也对她好,就够了。这狗屁日子,能有个暖被窝的人就不错了。眼眶有些潮,凑到大鸟他们那边,见他们玩得正嗨,也不便打扰,便走到吧台前又买了杯朗姆酒。一口还未咽下,手机便响起来,一看是顾长风。不待他说话便骂道:"你个臭小子,哪里鬼混去了?多少天了,也不汇报你的思想动态。"

那边沉默半晌,才说:"关鹏,我在东区派出所。你快过来趟。"

关鹏说:"咋啦?找小姐被抓了?"

顾长风支支吾吾说:"差不多吧……"

也没跟米露打招呼就呼哧带喘去了东区派出所。到了之后才明白"差不多吧"是什么意思。年前省里来了命令,又是一轮新的"扫黄打非",顾长风跟某女人在警察宾馆查房时被抓。开始顾长风狡辩说对方是他老婆,可是竟连他老婆的名字都不知道。如此这般,如此这般。又不想让派出所通知单位,只得找关鹏来交罚款。

出来后关鹏使劲儿踢了他一脚:“你妈的!老也管不好自己那个东西!”顾长风不言语。关鹏又踢了他两脚,不承想顾长风蹲路边抽泣起来。关鹏笑也不是,恼也不是,只得递给他支烟:“不是我瞧不起你,找一夜情还找个四十九岁的,你他妈什么品位?”

顾长风站起来,猛地搂住关鹏放声大哭,哭得关鹏眼角发酸,忍不住摸了摸他脸庞说:“你呀,还不知道吗?无论你变成什么鸟样,我都是你死党。我们从九岁就是死党了。”

顾长风更是哭得歇斯底里。关鹏说:“想开点儿,有什么啊?活着,就是让别人笑笑,顺便笑笑别人。”

顾长风抽噎着说:“我跟你说实话,你可别生气。”

关鹏说:“我要总生你的气,早他妈被气死了。”

顾长风说,他跟那女人根本不是普通约炮,女人是要付他钱的。他做这行有三个多月,不然哪里有钱请他们大吃大喝?关鹏听傻了,瞪眼盯他,良久才反应过来,结结巴巴地说:“你……你……你……”

顾长风说:“她们要么是有钱人,要么是有钱人老婆。到了这岁数,除了吸毒和找我这号人,活着也没什么意思了吧。”

关鹏问道:“你没接过男客吧?”

顾长风说："没有。"

关鹏转身就走。顾长风一把扭住他说："还有件事我没告诉你。我脑子里长瘤了。"

关鹏骂道："你脑子里没长瘤会做这样的蠢事吗?!"

顾长风说："真的，秋天查出来的，我从你那里搬走，就是不想让你知道，怕你担心。瘤子已经核桃那么大，一直在吃药。医生说，最晚年底做手术，不然压迫神经，就会变成傻子，破裂的话……"

关鹏瞅他半天，才问道："为啥不早跟我说？"

顾长风嗫嚅道："从小就是我照顾你……不想快而立之年了，反倒让你操心。"

关鹏将车门打开，说："先上车。明天带你到协和医院检查检查。"

顾长风说："再说吧。"

关鹏说："你是想让我替你收尸吗?甭想得太美！"

上车后顾长风将脸转向窗外。关鹏说："米露催了，我们去酒吧接她吧。"顾长风没吭声，一直盯着窗外。关鹏瞅了瞅后视镜，却是下雪了。今年冬天来得早，雪却从没飘过一场。雪花很小，缓缓落在车上，落在路上，落在深夜里安眠的房屋上。关鹏将暖风打开，瞥了眼顾长风。顾长风似乎睡着了。也只有没心没肺的男人入睡才这般快。他叹息了声，打开雨刷器，将细雪刮掉。

路过海滨浴场时，他接到了老主任的电话。老主任的声音有些游移，他说，你在哪儿？讲话方便不？关鹏说，方便。老主任停顿了片刻说，有件事我不知道当不当说。关鹏道，跟我还有什么藏着掖着的？放心，过年了我肯定给你买条猪背腿。老主任没笑，又是沉默。关鹏就觉得有些不对劲儿。老主任说，我有个哥们儿在重案组，正好负责段锦的案子。关鹏的心抽搐了下，问道，抓到凶手了？老主任说，你别急，现在只是有了些线索。关鹏将耳朵紧紧贴在手机上。老主任说，你知道有种行业叫"代孕"不？关鹏说，知道，前年不是还抓了几个非法代孕的吗？老主任咳嗽了两声说，段锦以前……也干过这行，替某个公司高管生过一个男孩，人家给了她一百二十万。你知道，有钱人就喜欢这种高学历的……

老主任还在唠叨什么，关鹏已经听不清楚。他挂掉手机，怔怔地看着方向盘。雪虐风饕，白茫茫遮了公路，遮了别墅，遮了海与天，也遮了这漫漫长夜。他摇下车窗，海风疾卷，迫着雪花刮进脖颈，他不禁打了个寒噤,去瞅顾长风。顾长风打着细碎的鼾声。他打开双闪下了车,站在公路上。公路旁就是大海。夜里的海什么都看不到,即便雪花,在夜里也是黑色的。他掏出手机,看了眼早晨收到的那条短信:“你会后悔的,关。”随手关了机。

后来,他点了支香烟,不声不响地抽起来。